主人》丛书

# 创艺人生

《主人》编辑部 编

上海三联书店

# 《创艺人生》编委名单

# 目 录

帆船、大海、黝黑、寂寞、日照号，这些关键词是不是拼凑出了一个神秘浪漫的天涯旅客？放任脑海中那个英勇无匹的形象占据思维，让我们看看翟墨如何与这个身影相叠。

# 翟墨在上海

## ——记中国首次单人无动力帆船环球航海勇士

文/董 煜

# 他黑得就像印第安人

八月的海，是台风诞生的温床。

因为海的霸气，台风自然也是霸气十足的，“莫拉克”一出，谁与争锋？顿时山体滑坡、道路冲毁、房屋倒塌，暴雨洪水到处攻城拔寨，伤人无数。

也正是因为“莫拉克”，我认识了翟墨。

本来那天我有事的，朋友打电话来说，明天带你去见一个人，你一定感兴趣。我说不行啊，我跟长江隧桥的老总约好了，要去采访的。老总很忙，约一次不容易啊。可是朋友却说，你还是抽空见见吧，保你不会后悔。我说谁呀？你带我去见什么人呢？她说，翟墨啊，翟墨你知不知道？就是那个单人无动力帆船环球航海的中国第一人啊！

这个名字我很陌生，但对他的事迹却是熟悉的。在电视上，我曾看到过类似的报道，单人，帆船，航海，环球，这些字眼和由此生成的画面在我的记忆中飘忽不定，没有具象，也没有地方落脚，现在我终于知道这些都跟一个叫翟墨的人有关。我打开网页看了看，从2000年他自驾帆船环新西兰一周，考察当地波利尼西亚土著文化开始，关于他的报道和图片就层出不穷，铺天盖地。我想，这么个有名的人，是不该错过的。

2009年8月4日，下着细雨。采访完长江隧桥的戴总，我赶到浦建路，上了朋友的车，去塘桥码头。到码头大门处，正四处张望呢，朋友说，翟墨在那呢！只见一个高大的汉子，长发及腰，扎成马尾辫，很灿烂地笑着向我们走来。他的皮肤很黑，走近了看，更是黑得透亮，像印第安人。即便是在烟雨濛濛的傍晚，那黑，那笑容，依然有着巨大的杀伤力。

塘桥码头原来是个煤炭装卸区，在世博前，这里已废弃多时，等待移作他用。现在的塘桥码头已完成了历史使命，再无船只停靠，所以在空空荡荡的码头上，翟墨的船形单影只。想象中，适合远洋航海的船一定是很雄伟的，可是落下了18米高的帆，船就显得小了，被黄浦江的浪托着，起起伏伏，随波逐流，看不出这小小的船居然还能横跨三大洋，完成环球航海的壮举。

因为落潮，船跟码头落差达十多米，且下着雨，没有好身手，是不敢贸然上船的，所以只能远远地看一看。翟墨看出我们眼里的遗憾，便提议，我们换个地方，可以看得更清楚点。这地方是码头的一个塔吊，大红色的，巨大而结实，他把我们一个一个拉上去，然后叉着腰，远远地看着自己的船。

初次见面，不知从何说起，事后想想，问出来的居然都是些很蠢的问题。

譬如我问，一个人在海上航行这么危险，你怎么不怕死啊?

翟墨说，怎么会不怕死呢，遇到恶劣天气，海天漆黑一片，那风，鬼哭狼嚎似的，我只能用根绳子把自己拴在船上，很多时候，我都以为自己回不来了。最后为什么能挺过来，那是我有个绝招！翟墨起先卖了个关子，后来见我们一脸茫然，便自己说了。他说，我把所有的神灵都请到船上来了，妈祖啊，佛祖啊，不管是东方的西方的，反正走到哪都有神灵管着一片，所以我就能平安无事啦。

我傻呼呼地接着问，你驾船要驾驶证吗? 你走了那么多国家，签证怎么办呢?

翟墨哈哈大笑，说，当初我也是这么问人家的。现在发现，驾帆船是最自由的，既不要什么驾照，到任何地方都是落地签证，把船一靠就可以上岸。他说我怎么那么傻呢，要是早点当个蛇头，就用这船来拉偷渡的，可就发大了。

知道他是说笑话，也跟着笑，这么一去二来，彼此的陌生感就没了。

天下起雨来，躲在塔吊下，雨水依然滴滴答答地追着我们，往脖子里灌。站着站着，翟墨突然冲进雨幕中，踩在铁链上，拉着帆船的缆绳往塔吊的立柱上拴。那铁链虽然粗大，但悬在江面上，一摇三晃的，看上去很吓人。翟墨却很从容地把缆绳拴好。他说，固定一下，风浪大的时候可以避免船撞在码头上。

看看天，雨依然没有停的意思，于是说，我们去吃饭吧。

## “你喝酒，我跟你娓娓道来”

我们找了一家叫“和记”的饭馆，坐下点菜。我们一共四个人，两男两女，除了翟墨，另一位男士还要开车，所以点酒水的时候翟墨看了一下形势，便说，我还是喝点啤酒吧。我忽然想起他是山东人，山东人应该喜欢白酒的，一问，果然是。于是说，就喝白酒吧，我陪你，我三两你七两。他说不行不行，你们上海人都管男人叫“大豆腐”，今天在你们地盘上，我也要做一下“大豆腐”，我绝不多喝，一人半瓶，男女都一样。

说不过他，于是把酒倒上，对喝。

面对面坐着，又有酒为媒介，谈话就有了气氛。慢慢地，翟墨的话多起来。

翟墨说他当年毕业于北京电影学院，是个拍胶片的，毕业后在南边做了几年，觉得自己不适合，便开始画画。我好奇地问，电影摄像多牛啊，当年张艺谋不就是摄像出身吗，现在都成这么大个名导了。翟墨说，你以为当导演就是老大？上面还有制片人投资人呢。一个剧组在一起，其实相互牵制的地方很多，没有自由的，我喜欢自由。

翟墨在泰山脚下埋头画了一年画，便去法国开画展了。一年就能去国外开画展？我觉得不可思议。翟墨起先说，蒙老外呗。后来酒过三巡，他又说，其实我绘画基础很扎实的，我6岁就开始学画了，当初打算考中央美院，后来没考上，才去了电影学院。

2000年9月，在欧洲游历的翟墨接到来自新西兰的邀请，到奥克兰筹备自己的个人画展。闲暇时，他帮当地的一家电视台拍片子，在那里，翟墨结识了一对航海家夫妇，聊着聊着，翟墨心底深处对自由的渴望一下子被激活了，在那位航海家的指点下，他用了所有的积蓄买了一条船。

第一次出去我什么都不会，翟墨说。什么GPS，什么航海图气象图，都不懂，可是出去转了一圈，就什么都懂了。

航海，时时跟惊险相伴。在印度洋的一段航程中，有两条大鲨鱼跟了翟墨一天一夜，他只好不停地给鲨鱼扔食品，能扔的东西都扔完了，天色也渐渐晚了，他几乎失去信心，却没想到鲨鱼也会玩腻，突然掉头离开了。海盗、吃人部落，那些常人想象不出的惊险，就这么星星点点地铺陈在翟墨9年的航海路上，一路伴他而行。

惊险还罢了，翟墨说，最怕的就是孤独。有一次，整整5天都没有遇到风，帆船没有动力，只能停在海面干等。水面像大块的玻璃一样平整，空气中一点味道都没有，连鱼腥味都闻不到。天上湛蓝一片，没有鸟的踪影，安静得只能听见自己的心跳声。那是一种真正的与世隔绝的纯净，让人惶恐。人在空寂中，经历过的所有乱七八糟的杂事都会在脑子里浮现，让人几乎要发疯。翟墨说当时自己觉得一切都没有意义了，只盼望哪怕有只苍蝇或者蚂蚁能够陪伴他，实在不行甚至鲨鱼也行。

说这些的时候翟墨就像在说别人的故事，平静而舒缓，其间，仍不忘劝酒，说个几句，他便会举杯，用山东话说，喝酒喝酒！

看过翟墨的资料，今年41岁了，仍是孑然一身。美女总是崇拜英雄的，所以经常有漂亮美眉跟在后面穷追猛打。据说他跟一个酋长的女儿有过一段，还听说有台湾空姐每年休假都会飞去翟墨的驻地，陪伴他。至于那些在网上发帖高呼“翟墨翟墨我爱你”的，更是数不胜数。翟墨说，他没准备单身，等航海结束了，他一定找个喜欢的女人，生一大堆孩子。可是现在不行，他航海还没航够。

我追问，你讲讲跟酋长女儿的故事嘛，你讲讲那个台湾美眉的故事嘛。他便说，你喝酒，我就给你娓娓道来。于是我傻乎乎地喝，左一杯右一杯的，可是直到那瓶白酒见底，他都没说出个子丑寅卯来。

我问他什么时候离开，他说，台风要来了，打算避让一下，等台风过去了再走。我说好，要是你不走的话，我找你喝酒。

我们把他送到码头，他跟我们依次拥抱后，慢慢地走进黑黑的雨中。

## “你怎么像个写花边新闻的记者？”

天天说“莫拉克”就要来了，社会各界都做好了充分准备，可“莫拉克”就是跟大家躲猫猫，弄到后来，气象局就像那个整天说狼来了的撒谎孩子，每天发出的台风预报，大家都不再信了。

有两天只顾着写稿子，第三天一想，答应要请翟墨喝酒的呀，也不知走了没有，于是星期五晚上打电话去问，你还在上海吗？明天有空吗？请你喝酒吧。翟墨也不知在哪里，说话的声音嗡嗡的，听上去有点大舌头的感觉。他说哦是你啊，我们那天酒喝得挺好，明天中午来吧，到船上看看。我说好的好的。

于是便去，坐地铁，直接到塘桥。

到码头有蛮远的路，偷懒，不想走，就打电话问，现在的潮位怎么样？能上船吗？啊还不能上啊，那你出来吧，我在路口等你。

站在路口，远远就看见他了，穿着绿T恤，米黄色的短裤，向我摆着手走来。其实他不摆手我也早认出他了，那肤色，那飘逸的长发，唯他所有。

坐在饭馆里，点菜，起先他说你点嘛我吃嘛，啥都吃，但等我点完了他却拿过单子来看，说太多太多，吃不了，刷刷地划掉几个，换了两个新鲜蔬菜。因为在海上，除了罐头就是方便面，所以只要一靠岸，他都会大量地补充蔬菜。

这次他主动说，今天喝啤酒吧。我说怎么不喝白酒啦，认输啦？他说不是不是，昨晚跟上海的一个朋友，喝多了，回船的时候掉黄浦江里了。我大惊，真的？怎么会呢？翟墨便一五一十地说，因为没涨潮，要借助绳子才能上船，平时吱溜一下的事，可是喝高了嘛，就吱溜到黄浦江里去了。被江水一激，酒自然是醒了，但上船一看，哎呀，全身上下都成黑的了，你们黄浦江真脏啊，翟墨说，我一气之下把衣服裤子包括鞋子都扔到江里去了。

我说，黄浦江没那么脏吧，这里原来是煤码头，你肯定掉煤泥里了。

还不止呢，连手机也泡得不能用了，翟墨说，只能换了个手机，旧的也送给黄浦江了。

我笑起来，我说好啊好啊，我看上海就是跟你有缘，先是台风留你，现在又非要你留下点东西，下次你写航海日志时，千万别忘了加上这一笔。

说着说着，我忽然想起，自己的“正事”还没办呢，便问，上次你答应告诉我的，跟酋长女儿的故事，今天总可以说了吧。

他嘿嘿一笑说，其实也没啥，有次航行到南太平洋的一个岛，住了一段时间，酋长想把女儿嫁给我。那女儿也愿意，可我知道海上航行是很遭罪的事，就没带她。我再想听下去的，可是翟墨不说了。

我不甘心地问，没了？就这些？那酋长能这么让你走？你是不是在一个月黑风高的夜晚悄悄驾船离开的？

翟墨说，你当是写武侠小说呢，还月——黑——风——高！哎你怎么老打听这个，我看你像个写花边新闻的小报记者。

我有点泄气，说，不问这个我问什么？难道问你航海是不是为了传播文明？还是问你为什么要在船上挂中国国旗？这些早被人占了先，写文章都不新鲜了。

翟墨说，哈，原来你果然是个写书的，怪不得名片不给身份也不暴露。

我心想，这下完了，他肯定什么都不肯说了，可是没有，他还是那样，很随和，大大咧咧，不设防。

吃饭期间见他一直不停地摩挲他的手腕，便问，手怎么啦？翟墨说，擦伤了，我想找家医院，处理一下伤口，水脏，容易感染。

我说行，一会陪你去。

翟墨在船上

翟墨说自己很久很久没看过病了，做梦都没想到居然会跑上海来挂急诊。他说今年年初他经过菲律宾时，连续发烧五天五夜，当时他漂到一个杳无人迹的无名荒岛，以为自己感染了登革热，胡乱吃了船上带的一些药，却发现有些药都已经过期了。绝望间他挣扎着给朋友发了一条短信：“高烧五天，孤岛无医，风大浪高人无力，是否命归菲。”

后来？自然还是扛过来了。

## 日照号

“日照号”就是翟墨的那条船。白色的，挺漂亮。

上船要脱鞋，因为船就是他的卧榻，他的坐席，所以保持清洁是很重要的。一上船，就被一样东西吸引，那是一丛不知名的绿色植物，外形就像竹根上长着的一蓬草。翟墨说那是他从海上捞起来的。一次他老远看见有一团东西在海上漂浮，以为是什么鱼之类的东西，近了一看，居然是这么美的一捧绿，大喜过望，赶紧捞起来。现在，这植物已经陪了他半年多，平时也不跟他争抢淡水，只要浇点海水，就蓬蓬勃勃地绿着，非常稀罕。翟墨说有机会一定要叫专家鉴别一下。

走进船舱，就等于进入了翟墨的王国，地方虽然不大，但大致可划分为三个区域，生活区主要是卧床，床头的架子上，满当当地塞着箱子袋子。翟墨说如果用吊床的话，这船最多可以睡6个人。餐饮区有个煤气灶，因为船顶上有太阳能板，所以可以烧水做饭。但翟墨说海上风浪大，船身几乎一直是以45度的角度左右晃荡着，所以除了烧点水泡泡方便面，别的什么都做不了。船舱的后面是储藏区，堆放着食物、淡水以及其他的生活必需品。翟墨的衣服，干净的或是不干净的，都挂在那儿，红红绿绿的，给有点凌乱的船舱添了点色彩。墙上挂着些大大小小的照片，翟墨无一例外地微笑着，只是身边的人不同，有时是白种人，有时是土著人。船舱里很闷热，没一会功夫就出汗了，想象着没空调没冰箱的日子，一定是很难熬的。

翟墨拿出一叠照片，那些照片都是近年的，一张张地看过去，翟墨曾经的日子就慢慢流动起来，他的肤色渐渐变黑，面容渐渐沧桑，从一个略显稚气的艺术家，到一个成熟坚毅的大男人，航海，只短短的几年，就加速了翟墨的生命历程。翟墨有1.85的个头，匀称的身材，发达的肌肉，裸露着上身倚靠在船的桅杆上时，很帅，也很酷，我想，即使没有其他手艺，光凭这副好身板他就能在社会上混饭了。可是他却选择了航海，一个被称为自虐的行当。

在船上翟墨也会作画，但只能画点小样，他说在北京宋庄的画家村有自己的工作室，在航海的间隙，他会在那住上一段时间，把大海留给他的瞬间感念留在画布上。他拿着一张照片给我看，他说这是当年在泰山脚下画的，对泰山的印象。是抽象画，画面红一道绿一道的，色彩非常的艳。他说，怎么样，我哼哼哈哈的，其实没怎么看懂，他又使劲地把手伸远了，说，油画要远看的，现在看出名堂来了吗？其实我即使看出名堂来也不想跟他探讨什么绘画艺术，我认识了太多的画家，可航海家就他一个。

我打岔说，你这条船花了多少钱哪？翟墨说，这其实是我的第三条船了，以前买的是休闲类的，船宽敞，有浴室也有卫生间，还便宜，只要40来万，现在这条船是远洋航海用的，要100多万，还是二手的，船买回来又完善了一下船上的设备，包括全球定位系统、卫星通讯、风力掌舵器、电子掌舵器以及最为重要的淡水处理设施等等。他说，他所有的家当都在这船上了。

问起翟墨的家人，他说父亲去世了，还有一个老母亲。为了不让母亲担心，他从来不跟母亲说航海的事，有时母亲会问他，老六啊，你打了多少鱼啊？赚钱了吗？他就说，够吃够喝。他说，母亲一直以为他买了条渔船，老是不明白他为什么不画画改行去打渔。他还说，他跟孔子是同乡，孔子老是说“父母在，不远游”，可自己周游列国，跑得比谁都远，所以他也不算是违背祖训。

我问翟墨，这地球都环过了，下一步还打算干吗，他说，去南极呀！我惊讶地叫了一声，以为自己听错了，我说，那你是不是准备买条破冰船呢？他不置可否。

说话间他忽然说，我给你煮杯咖啡吧，真正的哥伦比亚咖啡。他一头钻进船舱，一会问，要浓点淡点？一会问，要不要加糖？没过一会就端出两杯咖啡来，用日本一种黑色陶瓷杯盛着，热腾腾地香气扑鼻。

品着咖啡，站在甲板上极目远眺，正好能看见徐浦大桥和正在建造中的“中国之冠”，雨开始下起来，飘飘洒洒，站在这天穹下的小小的“日照号”上，我一直在想一个问题，像翟墨这样的人这样的行为，我们究竟该怎么评价他呢？

我站起身，打算告辞。翟墨看看天说，下雨啦！我从他的声音里听出挽留的意思，但我还是得走。

翟墨打算明年到上海来发行他的航海日志，他问我到时候能不能去帮一下忙，背个红绸带什么的，我说红绸带还是找小姑娘背吧，我可以帮你维持秩序，有不排队的，就给他一掌！他有点出乎意料，说，看不出，原来你不光会写月黑风高，还是个武林高手呢！

在他的帮助下，我艰难地上了岸，他挥挥手，说走吧走吧！

雨幕中，他的“日照号”孤零零的，他站在那儿，也孤零零的。

那天是2009年8月8日，立秋的第二天。

“莫拉克”还在路上。

## 英雄寂寞

翟墨是16日回到环球航行的起点——日照市的。他曾邀请我跟他一块漂回去，参加他的返航仪式，可我没去，当时的盛况，只能看媒体的报道了。

这里摘录一段：8月16日10时许，在由13艘船组成的迎接编队的护拥下，山东人翟墨驾驶那艘熟悉的无动力帆船，安全靠泊日照市万平口码头。在这里，翟墨受到人们英雄般的热情欢迎。护卫船只汽笛齐鸣，岸边升起五色彩烟，码头广场鼓乐齐奏。翟墨项戴花环，登上彩车，在市区进行了巡游，并在太阳广场参加了隆重的庆祝大会。在庆祝大会上，交通运输部副部长徐祖远宣布："日照号"暨中国首次单人无动力帆船环球航海圆满成功！日照市委书记杨军说："我们张开双臂欢迎航海英雄翟墨顺利归来。你用力量和智慧与风浪搏击，我们为之骄傲，为之自豪，为之欢呼！"

我还注意到翟墨在上海的那段时间，媒体报道时用的是"访问"，很官方的一个字眼。

不认识翟墨的时候，我不知道他是那么有名的人，认识他以后，我也没觉得他跟普通人有什么距离。因为在上海的这些天，我没有看见他被媒体围追堵截，没有在上海的早新闻或是晚新闻里看到一丁点关于他的消息。没有一家企业给他任何帮助，而在中国的其他城市，在国外，甚至是在他误入的美国海军基地，大家都在竭尽全力地帮他，在那些人看来，他们不是在帮一个航海家或是一个中国人，他们帮的是敢于挑战极限的，一个人类共同的英雄。

或许上海需要的是企业家、金融家，却不需要这样的英雄?

我想起翟墨离开吴淞口时打的那个电话，问他伤口好点没，他说，你们也不来看我。虽然是笑着说的，但还是会让心疼那么一下。

我无话可说。

他的离去，一定是非常非常寂寞的。

"如果有一条船，就能沿着这个圆形的充满水的星球，到世界任何想去的地方。"翟墨诗意地说。这样美丽的梦，有多少人能做，又有多少人配做?

那天，女儿花两小时看完了翟墨记者招待会的视频，深叹了一口气说，翟墨离我们好远啊！

她说的不是空间距离。我知道。

# 生为艺术

12岁阴差阳错与舞蹈结缘，16岁开始获得各种各样舞蹈大奖，20多岁转行主持，而后兜兜转转，起起伏伏，不舍地离开舞蹈进演艺圈，辗转着离开沈阳去福建，漂泊、流离、游移……这个女子的一生错落而戏剧，只是，却与艺术息息相关，生生不离。

文 / 徐蕙照

# 从戏剧到舞蹈的缘分

女孩胡杨日后的幸福和苦难，都在她12岁那年，被她父亲领着去考辽宁省戏校的那天埋下了伏笔。

她父亲以前是沈阳前进歌舞团的才子，受父亲影响，她从小喜欢戏剧。很小的时候，她就喜欢看父亲演戏、导戏。父亲在台上演话剧《农奴戟》，演个反角，她就一直在台下喊：那是爸，他不是坏人！他看女儿这么可爱，在她4岁的时候，带她上台一起演出，她怕口红掉了，一直不敢开口说话。父亲导戏，还没把演员导哭，倒总能先把在边上看热闹的她说哭了。

那天她怀着学京剧的梦想进了考场的大楼。戏剧的考场在三楼，二楼是当时设在戏校的舞蹈科的考场，父亲领着她走过二楼时，被舞蹈考场的老师一眼看上了，截住她去试试舞蹈。虽然她从没学过跳舞，但一试下来，老师就发现这孩子天生是块干舞蹈的材料，身材比例好，表现力强，于是就拉着不肯放了，还把她作为重点生招进重点学校——沈阳音乐学院附属舞蹈学校学芭蕾。12岁女孩胡杨被二楼老师这一截，她的职业从此与戏剧无关，可她的人生却因此充满了戏剧。

胡杨阴差阳错地入了舞蹈的行当，先是学了四年的芭蕾，1985年全国搞首届中国舞“桃李杯”舞蹈比赛，学校为了让学生们参赛，要他们放弃芭蕾改学民族舞。说起来，这是一件很可惜的事，好在她在参加省选拔比赛时就得了少年组一等奖，顺利进入北京参加决赛。那是一次非常严格的比赛，有基训组合、民间舞组合、还有独舞……她跳的是《红烛》，要在一个小小的圆台上表演，难度很大。当时全国的文艺还不很繁荣，可供选择的作品非常少，一些成人选手也跳这个舞，因为要照顾到全国各地的舞蹈学校和团体，作为少年组的她只得了优秀奖，却也因此奠定了她日后当家花旦的基础，那一年，她17岁。

之前学校因为她“政治表现”不好，属于只爱练功，不爱搞集体活动的学生，一直被打入另册，从北京回来，她终于入了团。而她的“落后”却源于小时候一件太“积极”的事。

可能是因为她在家里排行老大的缘故，天生具有孩子王的领导才能，加之文化课程学得好，又热情爽朗，所以一入舞校，就当上了班长。有次辅导员例行到学生宿舍检查，发现他们班有同学的凉席铺歪了，就扣了他们班0.5分。大家都还是小孩子，哪个班的宿舍都这样，可辅导员偏偏扣他们班不扣其他班。那个辅导员又是他们班老师的学生，也就是他们的学姐，年幼的胡杨百思不得其解，学姐为什么胳膊要往外拐。作为班长的她，为了班级的荣誉，去找辅导员交涉。想不到辅导员不但不给她一个合理的解释，还狠狠把她批评了一顿并让她把嘴里的东西吐出来。她心里一火，就把嘴里的糖吐到了辅导员脸上。辅导员当然咽不下这口气，当场把她关了禁闭。然后校长找她谈，她和校长又理论一番，结果谁也没说服谁。于是学校决定关她两周禁闭，还撤了她班长的职。

关禁闭就意味着不能进教室，不能和同学一起训练。倔强的胡杨想，你们不让我进练功房，那我就自己在外面练。同学由老师给他们上课，她就自己给自己上课。

事过境迁，很多事情的因果关系已经很难定论了，关禁闭事件对胡杨日后的生活道路是祸是福也无法定论。

那次禁闭给她带来的好处就是从此她喜欢上了练功。以前她只喜欢当她的小干部，写文章、出黑板报、搞卫生，气得业务老师一直批评她，说你条件那么好不好好用心练功，心思都用在别处了。作为舞蹈学校的学生，最重要的基本功，却是她最叫不响的科目，排在全班倒数第二。一努力，她才知道，练舞对许多人来说也许是一个太艰苦的事，在她，却很轻松。之后，她的业务突飞猛进，成了班里的尖子，业务上的优秀生，但她再也不和大家过多接触，因此每年的评语都是“个人主义，不搞好团结”。

是关禁闭让她过早认识了人性这种对孩子来说，还太过艰涩的东西。解除禁闭后，她猛然发现，一夜之间，所有人都不理你了。六十个孩子啊，没有一个人敢跟她说话。对于一个才13岁的孩子，这是什么滋味啊？她着实被吓着了，第一次发现，人，竟是如此善变。让一个13岁的孩子早早就看透了人性，是一件非常悲哀的事。

从此她对那个让她关禁闭的学校没了什么好感。毕业时，她代表全体毕业生致辞。她上台把全校都念哭了，只她自己没哭。

## 从专业到走穴的错位

13岁关禁闭，15岁成了一名优秀生，16岁参加省级选拔赛，获少年组一等奖，17岁参加全国首届中国舞“桃李杯”比赛，获优秀奖。毕业后，进入辽宁省歌舞团，主演了《珍珠湖》《东北风情》《极地回声》等好几部舞剧，年年有机会进京演出。国庆45周年大庆，就是北大学生打出“小平，您好！”的那一次，她被选去北京参加国庆游行，站在彩车上，穿着舞剧《珍珠湖》里的清朝服饰，接受党和国家领导人的检阅。

毕业后的最初两年，是她一生中非常幸福的时光。1990年，她参加中国青年艺术家友好访问演出团，来到当时还未解体的苏联，在苏联各地跳带有浓郁中国民族特色的舞蹈《红绸舞》《红烛》《花鼓舞》。她至今怀念那些真正热爱艺术，懂得艺术的苏联观众。当她跳完《花鼓舞》，还没来得及卸妆，一群身着俄罗斯民族服装的年轻人就把她举了起来。有人及时拍下了这张照片，虽然当时国内的风气还很保守，但这张被题名为《友谊之花》的珍贵照片却被登在了《辽宁画报》的封面上。演出结束后，一位白发苍苍的老先生，特意到后台找到她，送给她一双大红的真皮舞鞋。胡杨至今怀念那个友情的国度，怀念艺术得到如此尊重的国度。

她觉得自己的一生都是错位的。大家都知道舞蹈艺术是年轻的艺术，演员辛苦学艺，艺术生命却不长。然而对于胡杨这一辈的舞蹈演员，他们的艺术生命却是被变革的时代给夭折了。90年代，全国各地开始风靡轻音乐，舞蹈演员不再排演剧目，开始去各处为歌手伴舞。尽管伴舞也要精选，而她每次又都能选上，但在她的心目中，神圣的舞蹈艺术不是用来给通俗歌曲当花边的。这是艺术团体开始走下坡路的前兆，只是当时她并没感觉到，就觉得没有作品可演，觉得心理失衡。于是她要求去演唱流行歌和主持节目了，觉得干这种非本行的事很具有挑战性。就像她当年从没学过跳舞就考上了舞校，她的艺术天分都是与生俱来的。她嗓子不错，又有语言能力，唱歌主持节目都很轻松胜任。舞蹈队是青春饭，而且看不到发展。她靠自己的努力，好不容易能在团里唱歌、主持，能力也得到大家的认可，就申请去歌队。没想到团里不批，说是因为没有主持人的编制。可不久，一个很有来头的女孩，一不会歌唱，二无编制，靠着关系却轻松调入。她又一次遭遇了阴暗，觉得再待下去人就完了。

当时全国明星大走穴，她至今都觉得自己第一次跑出去赚钱非常有趣。

那个后来因为唱《我的一九九七》而名声鹊起的艾敬，当时在舞厅演唱，她跑去看热闹。人家问她干什么的，她说自己是歌舞团的。人家一听是歌舞团的，就要她上台唱歌，还问她唱什么调。那时她也不懂调式，就上去瞎唱。那次唱的是邓丽君的《我一见你就笑》，边唱还边即兴加了点表演，没想到就一鸣惊人了。那个晚上，她第一次赚到了工资以外的五块钱。拿了钱她做的第一件事就是跑到对面的饭店，不会喝酒的她竟要了一碗啤酒、一盘水饺，坐在那里吃起来。就从那时起，她才发现钱是可以这样赚的，以前都拿工资的，吃大锅饭，大家混在一起，跳多跳少一个样。

在全国大走穴的风潮里，她与很多后来的明星同台演出，靠唱歌和主持来体现自己的价值，并且又找到那种原来在舞蹈方面的优越感，有一段时间就一直沉湎于这样非常轻松就能胜任的赚钱的方式。但体制内的她并不享有这种自由，两难之中，她在朋友的帮助下毅然去了南方，想先做个体赚点钱，然后去舞院进修，将来当编导。她自信有这个天分，当年学校毕业汇报的组合就是她编的，连老师都觉得好，丝毫没改就让全班排了。

离开沈阳那天，她竟在机场哭了三个小时，没人送她，也没人知道她将不再回来，连她自己都不知道这一去前面会有些什么。

## 从舞者到老师的转身

她怀着逃离的心情来到福建，想不到，却是更痛苦的错位开始了。

刚到福州，接应的朋友推荐她去唱歌，不期被歌舞团乐团的人看到，奇怪她这么专业，怎么会没在专业团体。当时她并不想暴露身份，报的名字都是假的。有位女士很热心，推荐她去福建省歌舞剧院。到了歌舞剧院她这才说了实话，院里人一听，立刻拍板说：你来我们团吧。要进入编制不是一件随意的事，有人不服，以为她有关系，提出要考试。想不到这一考真好，她一下子成了人物，厅里决定马上调入。不久，她参加省厅的抗战胜利五十周年大型晚会，和达奇一起主持晚会，一下成了明星人物。

胡杨和孩子们演出后在舞台上留影

胡杨在指导孩子们练舞

但是演艺圈是个潜规则丛生的地方，洁身自好的胡杨决心离开。记得很久之前，还在北方的时候，电视里播放介绍厦门的节目，她只是随便瞄了几眼，只记得看到很多大的集装箱和大海。哪想到若干年后，当她离开福州在厦门站稳了脚，买了属于自己的房子，当年电视里一闪而过的镜头，如今成了她天天必看的风景。

胡杨离开福州去了厦门，也就彻底离开了文艺界。她以为从此告别是非之地，就以养老的心态进了少年宫，觉得从此可以和纯洁的孩子打交道。然则没想到的是，在厦门的十年，却让她经历了一生中最底层的日子。从小成长在歌舞团大院里沐浴着琴声长大的胡杨，连挤公车的经验也没有的胡杨，天生为艺术而生的胡杨，谁会相信这样的人会自己从象牙塔上走下来，落入凡尘？就因为她走了和别人相反的路，所以被人不理解，各种猜测，尤其是喜欢被潜规则的女人，因为业务上竞争不过，就用自己的肉体挡她的道，还把也是一身才华、也当过舞蹈演员的妹妹胡海打发到幼儿园去侍候毛孩子。就是在最困难的时候也没有进夜总会和舞厅那样的地方跳过一次舞的胡杨，认为舞蹈是神圣的生命，她不愿糟蹋艺术。她觉得自己可以哭，可以绝望，但不能被玷污。

她无力抗争，只得愤然离开少年宫。经过几番波折，进了厦门滨东小学，当了一名舞蹈老师。好在那所学校的林校长非常尊重，亦十分欣赏她，不然她就连公职都给弄没了。她教六个班，一年级直到六年级，都是些未经筛选的普通孩子，大约一周会有近300个孩子来跟她学习舞蹈。她很清楚福建的孩子身体条件不好，她善于引导，不求他们能搞专业，只想让他们丰富自己的世界，能保持一些天真纯净的东西，不要变得俗气。从她开始教学那天起，就抱着普及的宗旨。她想培养更多能欣赏美和追求美的观众群，让孩子们了解舞蹈，让他们在其中找到快乐，那么他们的孩子，孩子的孩子都会受到影响。这样懂艺术的人多了，艺术就会有好的境遇，艺术家就会有好的日子。这些能幸运地跟她学舞的孩子非常喜欢胡老师，如果有谁文化学习松劲，其他老师会以不让上舞蹈课相挟。

在QQ上，她老跟我说，我来厦门就是养老的，但我知道她骨子里根本就是个非常有责任心的人，经常很晚了，她还在学校给学生排舞蹈。每年的节庆和两年一届的艺术比赛，学校的艺术节，从排练、设计服装、音乐、道具，一直到孩子什么时候开始留什么发型，都由她一手策划操办。她把这所学校创出了艺术特色的牌子。厦门市两年一届的舞蹈比赛她已连续五届获得一等奖。虽然QQ上我只能看到她在教舞空隙留下关于教学和排练的片言只语，但真能想象到她忙得脚不沾地的样子。

她是个标准的VITAS迷，为了给孩子排舞，参加今年年初市里的比赛，忍痛放弃了观看VITAS中国巡演，利用学生的课余时间见缝插针地排练了大半年，但等到比赛顺序抽签，却又遇到猫腻。她嘴上和校长说了，再发生不公平的事，我们今后就不参加比赛了，但仍和妹妹胡海一起认真编舞，排出了舞蹈《踏雪迎春》。在她一个专业出身的人眼里，她都不屑跟那些业务不过关，靠其他渠道走捷径的人去争斗。好在天道酬勤，他们学校还是从100个参赛学校里脱颖而出，荣获2009年厦门第十八届“鹭岛花朵”文艺比赛金奖，并被选送北京参加全国少儿舞蹈比赛。她来QQ上告诉我这个好消息，说孩子兴奋得要命，还顺便发了几张孩子们演出的剧照。一看照片，我吃了一惊，我一直知道她做出来的东西肯定好，但不知道会这么好。当时我就说，你的节目完全可以上春晚了。果然，暑假去北京一比，《踏雪迎春》荣获2009年全国第五届“小荷风采”少儿舞蹈比赛“小荷之星”最高奖。

事后我才知道，在准备比赛的那段日子，是她一生中最痛苦的日子。春节从老家探亲回来，审视自己走过的道路，多年来遭受的磨难清晰地展现在她的面前：学戏未成却当了一名舞蹈演员，曾经在1986年就有过去意大利学习芭蕾的留学机会，以后又有多次饰演拍摄影视剧角色机会，却都因为这样那样的原因一一错过。那种绝望是没有经历过的人所无法想象的。人生到底还有价值吗？她感到一下子崩溃了，笑不出来，也哭不出来。直到如今，她都不爱看文艺晚会。她觉得艺术本身是享受，只是和现实距离太远了，日子久了，人会失去生活的真实感。

像小时候从北京得奖回来入团一样，这次北京回来，她被评选为厦门市优秀教师，然后又和妹妹双双获得了“小荷园丁”的荣誉称号。妹妹也凭借自己的实力，顺利调入厦门另一所重点小学如愿的当了舞蹈老师，才去，就赶上学校国庆晚会，她排了四个节目，都给电视台拿去播了。还上了全省教师节晚会，是唯一入选的少儿节目……

胡杨在练功房

十年的磨砺，胡杨、胡海终于找到各自的位置，两姐妹完全凭借自己的实力和努力，在完全陌生的地方，拓展出了一片自己的天空。

以前是镜花，现在是真实。经历过了失重和坎坷，胡杨学会了感谢生活带给她的磨难。人只有经历了，才能成熟，才能踏实下来体会人生中宁静淡泊的生活。如今，她喜欢教孩子舞蹈，喜欢参加公益活动，从中享受生活的乐趣，体会人生的意义，这对她来说，是一种更高境界的艺术。

由于王也良先生对东方绘画艺术的深彻理解和对西方美术的深厚积累，从而使他能够融会贯通地将东西方艺术技巧天衣无缝地结合在一体，并使其作品的层次不断提高，其意境更是高远，既变化多端而又内涵无穷。

# 从船型建筑起航的旅美画家

## —— 王也良五十年艺术人生

文／方　向

“王也良先生回来了”。刚届花甲，已经离开上海市工人文化宫二十几年的他，在这幢位于繁华西藏中路上的船型古典建筑里，忽然又找到了当年的同事，寻回了青春的感觉，尤其是，产生了一股游子归来，回报故土的强烈冲动。

## 从工人到教授的华丽转身

王也良是原汁原味的上海人。小学的时候，与所有调皮捣蛋的男孩一样，他经常被班主任训诫，关学，甚至带回家去继续反省。50年代的为人师表者，大都有一份亦师亦母的慈爱，把学生带回家，绝对不是为了如今的课外补习，收费挣钱。老师的丈夫是位小有成就的画家，在老师家“立壁角”思过的时光里，小也良竟然完成了他偷师学艺的绘画启蒙阶段。这也就是所谓天意或者缘分，小也良的艺术基因从此一触即发，利用各种机会或拜师，或自修，直至将业余爱好转变成终生职业。

18岁时，已经成为基建行业建筑工人的王也良，继续利用工余时间练习素描。画工友们强壮的肌肉，学习人体解剖知识；画建筑工地场景，掌握透视光线技巧，短短几年中，他竟然画了厚厚的几十本速写。关键是，在这段为时十年的青春岁月里，王也良与三五画友一起，心有所向，情有所寄，依靠个人技术，为工地刷警告标语，编安全手册，作宣传画像。后来，单位里将这批有一技之长的年轻人组织在一起，有意提供他们发挥兴趣爱好的空间，而这批有心的青年俊杰，确实也不负栽培，许多人已经成为如今国内绘画艺术界著名的画院院长和大学博导。从70年代末到80年代初，上海人民美术出版社和上海科技出版社分别为王也良先生出版的《大搞技术革新》《幼儿乐园》《以讲卫生为光荣，不讲卫生为耻辱》和《建筑工地》等作品，就见证了这一段时光。

80年代初，王也良从上海市教育学院美术专业毕业，开始在上海市工人文化宫担任美术编辑工作。在这个孕育了《于无声处》等一大批新时期艺术代表作的团队里，一流的创作氛围和开放的领导思维，再次给予了王也良等一大批中青年骨干以淋漓尽致的艺术表现天地。反映上海金山石化工地的原创套色作品《金山工地》，在全国美术展览中获奖；由他负责参与的《工人创作》杂志，集聚起了一大批优秀的艺术人才。但是，比起当年一起在建筑工地挥汗练笔已经开始走向艺术市场的画友，王也良还是属于甘于寂寞，勇于思考，淡泊名利，慢热晚熟的一辈。1987年，改革开放的号角开始在深圳地区全面吹响，王也良感知到，这是艺术和生命对他的一次深情呼唤。转型期的王也良深思熟虑后，毅然放弃了在上海的骄人事业和安逸生活，从受聘深圳市华侨城中学美术教师起，直到成为中国书画函授大学深圳分校教授和中国书法艺术大学的教授，完成了他从蓝领工人到艺术学者的华丽转身。

而这一切，还只是他人生交响中的第一乐章。

## 从深圳到纽约的国际亮相

1997年，在深圳这个开放前沿，王也良才华横溢，他被美国政府批准，作为国际美术杰出人才，授予绿卡，获得美国长期居留权。这一年，他在纽约举办了第一次人物画展，纽约大报纷纷报道，主流媒体打出了“中国人物画大师王也良先生在纽约举办个人画展”的标题，这样成功的画展效果，甚至超出了他的预期，完全得益于他50年的默默追求，来源于他发自灵魂的艺术感悟。社会活动接踵而来，联合国世界少年儿童画展请他做评委，纽约报社请他担任“自由艺术工作室”主任。

《幕后》

《小乐队》

但是，王也良先生继续保持为人的本分，十分的谦虚勤奋，百倍的低调努力。旅美十几年，王也良先生坚持在每年的十一月和十二月，走出画斋，在民众感恩节和圣诞节的狂热消费季节，走遍美国东部沿海最具规模的商业中心，不惜重金租赁场地，作品展览、旧作销售和肖像承接同步进行，这样有胆有识的商业艺术行动，回报是巨大的，名利双收，成为他一年常规的收获季节，从而有可能将每年余下的300个日日夜夜，作为奖励自己艺术追求与创作的假期。

与此同时，另一桩重要的人生转折正在悄悄逼近，他正需要寻找艺术突破的瓶颈，形成自己东西方融合的艺术特点。他加入了具有130年历史的纽约艺术家联盟，进一步扩大了自己的艺术视野。他发现，粉彩画是西方流行的第二大画种，很适合作为人物肖像的工具。于是，结合自己精工人物，又同时具备油画质感和国画写意的双重优势，王也良开始了改良粉彩人物画的艺术尝试。他在多年的实践中，形成了自己独特的方法。

目前，他的肖像画客户来自世界各地，他已经掌握了不同国籍人的不同特征。就欧洲来说，意大利人、法国人、德国人、挪威人、英国人、荷兰人，他们的肤色，骨骼和肌肉都有着不同的特征，南美洲，非洲和亚洲国家的人士，外形内涵更是不同。王先生的肖像已经达到了形神兼备的地步，他的色彩变化多端又内涵丰富，在十年的旅美生涯里，他画过近万幅肖像画，包括黑白速写、油画和粉彩画，其中大部分已被世界各地的人士收藏。

王也良先生同时擅长油画风景，是一位具有印象主义画派风格的实力派画家。他善用高纯度的色彩，强调色相的互补关系，注重笔触和画面的厚重效果，用色彩的跳动感带给人们视觉上的轻松感觉。同时透过画面，人们仍然能够感受到画家内涵在虚实、主次和结构之中的基本功。他现在是美国人物肖像画家协会会员，美国奥杜邦画家联盟会员，美国专业画家协会会员。王也良先生集东西方绘画特点而创作的数以百计的美术作品，曾先后于波士顿、纽约、旧金山等地美术馆展出，并多次获得评委和主办单位的嘉奖，受到广大观众的青睐和好评。

## 从贾维茨到世博会的感恩回报

2006年3月2日，第28届纽约艺术博览会，在引领全球时尚的曼哈顿贾维茨会展中心开幕，来自世界各地的艺术家和艺廊将会展中心装点成一个艺术的殿堂，由国际艺术和装裱集团（LAFG）主办的这个博览会，是世界上最大的纯艺术和波普艺术汇展，涌现了很多名声显赫的艺术大师包括波普艺术教父Andy Warhol。

这一次，肖像画家王也良获邀首次参展。出身油画的他不仅带来了独创的粉彩肖像，更是创作了融合时尚元素和欧洲风格的古典油画系列，特色显著。其中6幅巨作，被著名的意大利BISTRO集团当场收购，挂在公司豪华的派对大厅里。由于王也良先生对东方绘画艺术的深彻理解和对西方美术的深厚积累，从而使他能够融会贯通地将东西方艺术技巧天衣无缝地结合在一体，并使其作品的层次不断提高，其意境更是高远，既变化多端而又内涵无穷。为此，王也良先生的很多限量版原作油画复制品，被很多买家和专业艺术品收藏家所购买，他就此从容地在艺术殿堂和艺术市场两极漫步。

尔后，真正属于严肃艺术的时代已经降临，徜徉国际主流艺术世界多年的王也良，开始了新一轮的人生思考。60年的人生阅历，50年的绘画积累，一生的严肃创作，国际的知名声誉，在中国艺术面临危机和机遇的关键时刻，命运再次发出呼唤。这一次，呼唤来自太平洋对岸的故乡上海。王也良的艺术激情瞬间澎湃，如赤子般无法抗拒，他的全权经纪公司，纽约FECS GALLERY全力支持他的新一轮事业、向中国艺术主流发展的意愿，并且调动最灵敏的专家咨询和管理机制，及时确定“也良世博之旅，上海寻根汇展”的主题和公关计划，2009年7月3日，在距离上海世博会还有300天的当日，静安海外联谊会和文化局在上海最老牌的画廊迎接远游的赤子回归奉献，作为市民与世博的全真写实活动之一，广大艺术爱好者有了亲眼目睹也良作品的机会，包括《和谐静安》《名人辈出》《世界安详》。

## 从艺术殿堂到科学彼岸的再次起航

现在，功成名就的王也良自信而且悠闲，或许正是这样一种放松的人生境界，让他发现了艺术与科学作为人类精神活动的共性，绘画具备了沟通两者的桥梁作用。

王也良的别墅坐落在纽约市闹中取静的街区，也是他获得创作灵感的源泉。别墅的后院花果累累，生物种类多样，它们和谐共处，共同等待秋天的到来。一个夏日的傍晚，王也良与好友方先生，一位科学史与科学哲学博士闲坐品茗，话题无意中转入有关生物种属的基因交流，生存竞争和优势扩张等话题，两人顿时领悟到，人类社会的发展模式，也未必比生物群体更为发达，世界要和谐，科学要发展，人类要进步，这些基本的原理，其实在王也良的后院和千年文明进化的史实中获得印证。两人当即决定，共同策划与创作四幅2米见方的巨形油画作品，在2010年的时候，送回上海参加世博展览。

取名“草原文明与张骞出关”的作品，具备茫茫草原的厚重与视觉冲击力。他以2000年前的秦汉王朝为时代背景，欧亚大陆以草原为沟通平台，马匹就是人类的交通工具，铁器的发明，农业的腾飞，思想的交流，民族的融合，战争与和平的喘息中，人类迈进了理性的时代；“戈壁文明与玄奘西游”具备黄色沙漠的悲凉，精神的力量，宗教的魅力，跨越帕米尔高原的印度文明与中原儒家文明的交流与碰撞，形成了大唐盛世的世界中心，歌舞升平，商贾云集，医药发达，安居乐业；“海洋文明与三宝西洋”充满蓝色希望的大海原色，华夏不是一个以长城划地自闭的四合大院，郑和的船队阵容，展现于世的是与穆斯林文化的对话交流，海上丝绸之路的辉煌和香料之路的延续；“都市文明与洋务曙光”则将城市雏形和现代文明的朝霞融为一抹灿烂的曙光，从第一位海归到第一位洋务先驱，中国的和平崛起，既不一帆风顺，却也脉络依稀可辨。用画笔思考人类的终极命运，王也良再次发现了艺术的真谛。

也良者，璞玉终不致湮没也。

佛云：凡事不可解，就称缘分。因为壶与茶的缘分，我们在宜兴和武夷山之间修筑一条壶茶文化的“茶马古道”，谱写壶茶同誉的雅韵清风。

# 因茶缘壶·风云际会

## 武夷山缘见三教泰斗

文/笑 阳

2009年12月5日至8日，闽北日报社与国际茶叶科学文化研究会、中国工艺美术学会、宜兴八面来风堂联合组织方卫明、韦钟云、葛军、卢剑星、周鸿伟、黄顺法、董永君等70多位紫砂工艺师，3位全国知名书画家石禅、李水歌、申晓国共赴武夷山，参加2009中国武夷山国际山水茶体育·旅游节暨茶博会。“大武夷文化壶”亮相武夷山，这是宜兴紫砂与武夷岩茶的第二次亲密接触。但事实上，壶与茶自古共源，据传紫砂壶源于明代宜兴金沙寺，小家僮供春得寺中老树瘤点灵而制供春壶；大红袍生于明末清初武夷山天心九龙窠，受永乐禅寺涓涓细泉的滋养而有灵，两者都与佛有关，却不能言说其妙。佛云：凡事不可解，就称缘分。因为壶与茶的缘分，我们在宜兴和武夷山之间修筑一条壶茶文化的“茶马古道”，谱写壶茶同誉的雅韵清风。更是因壶与茶的缘分牵引，我在武夷山有幸拜会了儒释道三教泰斗，并与他们当面品壶论道，共叙紫砂壶与大红袍的象里因缘。

## 缘聚·惊鸿一瞥的相遇

12月6日，早八点半，武夷山曼妙的玉女峰，烟雾缭绕，如同仙境，湖光山色跟三教论道的氛围交相辉映。

这里即将举行以“缘聚武夷、茶和天下”为主题的儒释道三教泰斗武夷论茶活动。三位泰斗还未出场，我四处转悠，看到三位泰斗赠送给武夷山景区的书法，认真研读，分别取三教教义的精华，也代表三位大师的性格。汤一介教授的“为天地立心，为生民立命，为往圣继绝学，为万世开太平”，有儒家天下为公的大气，从书法中也可以看出一介的学者风度和极深的人文涵养；一诚法师题词“茶和天下”，字体浑厚、诚恳、朴实；任法融道长题的“品茗长生”，字体空灵飘逸，仙风道骨。虽未见人，已经感受到他们内在的气度，我便萌生了近距离问道三教泰斗的想法。

等了一会儿，随着“五佛献瑞，四海升平”的祈福仪式启动，武夷论道正式开始。三位泰斗出场，端坐在品茶论道的舞台上，我远距离端详。虽然是第一次见到三位泰斗的尊容，也可以感受到，是我看到书法时所想象的样子。一诚慈眉善目，非常可敬可亲；任法融白须飘飘，似有仙气附身；汤一介仪态端庄，平和谦逊。

笑阳与一诚法师

笑阳与任法融道长

笑阳与汤一介教授

现场聆听三位泰斗对“茶和天下”的阐释：儒家提倡“以和为贵”的谦和、明礼、中庸之道，这也正是茶道的美学思想；佛教主张“心即是佛”，用淡泊自然的平常心境，品尝茶的本色滋味，明心见性，继而还自心本来清静；道家崇尚“天人合一”，茶契合自然，采天地之灵气，饮茶可修身养性。虽然三教教义不同，但在对“和、静”境界的追求上殊途同归。茶“蕴和、寓静”的秉性符合这种境界，因此，茶能够在一定的程度上贯通大道，使天下不同而和。

听完三教泰斗的讲道，我深感中华传统文化、茶文化的博大精深。饮茶文化的两大组成部分——茶与壶，更是合二为一的文化共同体，有着一以贯之的气质。壶茶与人生修为紧密契合，在内蕴上追求淡远清静，趋于中国传统哲学所推崇的理想境界，在文化本源上也是息息相通的。

## 缘会·厚积薄发的善果

12月6日下午，任道长正在天上宫传道。从天上宫正门直入大厅，很多地方领导和道士围在一起正在聆听任道长讲道，任法融的助理向他推介我，说是宜兴来的朋友，举办了紫砂文化壶展览，还给您带了一把壶。我把带过来的仿古壶送给任法融道长，说仿古壶有一种包容天下的气质，从古而来，用来泡茶，能怡情养性。他十分喜欢，眯着眼睛审视手中的壶，为我题写“道法自然”四字，随后给宜兴紫砂题赞语，“紫砂壶历史悠久，特有生命，经久不衰，工艺精致，底蕴极深。”繁忙之中，他留下手机号码给我，叮嘱以后常联系。任道长平易的话语令我受宠若惊。

辞别任道长，我去拜访八十三岁高龄的一诚法师。从天上宫到永乐禅寺，大概有十几华里，一路上山高连绵，盘山公路顺着溪流蜿蜒而上。我们到了山脚，前来拜见一诚法师的善男信女很多，上山下山摩肩接踵。山顶有一座塔正在维修，听说一诚法师在上面进行开塔活动。我们正往山上走，来到半山腰，前面下来一群善男信女，还有一二十个和尚跟着一顶轿子，原来正巧遇上一诚法师下山。我见轿夫抬的滑竿轿子摇摇晃晃，顾不得礼节，赶忙上前去扶着一诚法师的轿子。一诚法师一路朝我微笑，那种微笑，在嘈杂的人声中像是一种无言的抚慰，似冬天的太阳散发出的灵光。见到一诚的微笑，那种神圣，那股激动，令我当时的心境豁然开朗。轿夫却说一诚法师的轿子连中央干部都不能扶，我便松手，一诚法师抓了一下我的手，表示感谢。

下山到了寺内茶座，一诚法师从轿上抬下，坐上藤椅。他的弟子说楼下人多太喧闹，便去楼上。不知出于什么礼节，他的信徒不能抬他，我便和轿夫一起，肩扛手扶将他坐的椅子一阶一阶抬上楼。二楼有他的休息室，弟子们说法师要进去休息，只能再会见几个人，很多领导和信徒都要进去。这时，一诚法师面带微笑看着人群中的我，示意我可以先进去。有人向一诚法师介绍，这位是宜兴来的，带来了宜兴的紫砂壶。一诚法师轻轻耳语："宜兴紫砂和武夷岩茶同誉，壶一定要有好茶，茶一定要配好壶，壶与茶是天仙配。"虽然说得很轻，但字字句句我都铭记在心。我虔诚地奉上一把紫砂笑樱壶，祝大师笑口常开，快乐每天。他用颤抖的手亲笔为我题了一个"和"字，我将一本八面来风堂新近推出的2009珍藏版《宜兴陶与文人画》送给他。由于年事已高，他翻了两页就交给助理，说："把这一贵重的礼物收藏起来。"使我心怀无限的感激。自始至终，一诚法师一直微笑待我，直至离开，而恰好是机缘巧合，我送给他的是一把笑樱壶。

活动现场

遇到一诚法师，我对武夷山之行产生了更大的热情，一诚法师的微笑、宽容和慈悲始终萦绕在我的脑海。此后不管遇到多少挫折，多大磨难，我想，只要微笑面对人生，面对世上的纷纷纭纭、风风雨雨，就会是快乐的人生。

见到汤教授，一派学者风度。他认真翻阅我主编的《宜兴陶与文人画》足足五分钟，说："这本书很好，我初略翻阅了一下，要让秘书带回北京，好好品读。"我们的距离因这本书一下子拉近了很多。他问我是否认识北京的赵为民教授，我说很熟悉，到宜兴八面来风堂来过。他便和蔼地告诉我："我跟他是好朋友，以后我们也是好朋友。你到北京就去我家，我亲手做几个小菜一块品尝。"

随后，我送给汤教授一把秦权壶，"秦权"造型厚重、敦实，精选上等紫砂老泥做成，寓意汤教授的学问深厚、扎实。汤教授为我题

"止于至善"，借以勉励。

现在回想起来，我在选择送三把紫砂壶时，经过了精心的考量，通过看三教泰斗的书法，了解他们传道的方向，送以不同性情的壶。一把仿古可容天下，可贯古今，与任道长的天人合一的度量相融；一诚拈花微笑，宽容慈悲，送给他笑樱壶，应了他佛法无边的气质；而汤一介的学者风度，似秦权的雍容厚重。三把壶与三位泰斗，这之间，有一种很深很深的缘分藏在里面。

辞别汤教授时，他说我们一定要在北京相见。

## 缘结·壶茶道上真朋友

"儒门释户道相通，三教从来一祖风"，虽然三教泰斗给人的感觉不同，但是合起来让人豁然开朗，给我内心一股无穷的力量，使我微笑面对一切困难，从而对生命对自然有一种全新的感受。

将三位泰斗的题词放到一起，"道法自然""和""止于至善"，我恍似顿悟，在壶茶共源的背景下，这不正是宜兴紫砂与武夷岩茶自产生之初到合而为一所要走的精神之路吗？两者都因自然的灵气产生，个中有源于自然的清静平和之道；唯有二者在精神和实体上彼此融会贯通，才能抵达大道的"和"；当两个文化载体有了融通的气质，也就可以"止于至善"，致造化之极。这题词的精妙，让我对壶茶同誉的认识升华到更高的层次，接下来要做的，就是在"和"的阶段将两地的茶文化进行互融性的对接。

与三教泰斗的缘分之深，依佛语而言，正是"不可说"。缘来不易，我想与他们相见也并不纯属于天机良和，按老战友书画家杨海宽的说法："你积缘积德够多，抬抬手就可以摸得着了。"但这份缘、这种德并不属于我，而是属于紫砂壶与大红袍内在气质与生俱来的合一，我只是在它们的内蕴阐发下，做一回民间文化传播的使者。

宜兴紫砂与武夷岩茶的联姻，是天地人和的大趋势，是茶文化发展的潮流，也定是一件惠及两地、推进文化共融的幸事，势必带动两地的友谊、产业、旅游等各方面的交融。但壶茶同誉的故事，还需要两地共同谱写。

这一刻这一缘，真的要感谢长期支持品茗论壶活动的闽北日报社的领导；感谢在这条漫漫长路上同道相扶的真朋友！感谢武夷山的山山水水和大红袍……

宜兴、武夷山两地文化连理，是我最诚挚的梦！

他是书法家，他是画家，他是篆刻家，他是古字画鉴定专家，更是武术大师。

文学大师郑逸梅，以九十四岁的高龄，发出了“旷世奇才，舍翰之其谁耶！”的感慨，令好奇者众，这究竟是个什么样的人呢？

# “在空中写字”的大师

文/文　瑶

1922年的某天。

东北，奉军张作霖的地盘。

那天，张作霖叫人准备了一口白皮棺材，他对站在一边的一个小个子说，要是你赢了，你就是我东三省巡阅使兼三军总教头，要是你输了，你也不用怨我，这棺材就是为你准备的。

那人精瘦精瘦的，无肩，两手细长，及膝，乍看，像个猴子。

是的，他就叫"宫猴子"，宫宝田。

宫宝田功夫非凡，曾被清廷加封四品带刀侍卫，钦赐"黄马褂"，张作霖就是听了别人的举荐，想邀宫宝田担任奉军的武术教练。可是一见面，张作霖就疑惑了，这样其貌不扬的人，能有多大本事？张作霖想出一个测试办法，让宫宝田站在100步开外，他举枪来打，一枪定输赢。张作霖的枪法可是百发百中的，可是一枪出去，宫宝田没了人影，再一看，他还好端端地站在原处，张作霖这才心服口服，让宫宝田做了自己的贴身保镖。宫宝田多次救过张作霖的命，要不是因为皇姑屯事件那天张作霖让宫宝田留下保护少帅，或许历史就不是这样写的了。

说起张作霖枪打宫宝田的轶事，外面都传是20步的距离，有说打了两枪的，有说打了三枪的，可王翰之说，只打了一枪，而且是在100步开外。他说100步也不得了啊，要避让子弹，需要什么样的眼神啊，张作霖一动，他就动了，已经练到身心合一的地步了。

这些，都是宫宝田亲口告诉王壮飞的。

王翰之的父亲，就是人称八卦拳王的王壮飞。

王壮飞，生于山东烟台富豪家，皇姑屯事件后，宫宝田被王翰之的外公带到烟台，住进了王家。王壮飞6岁学少林拳，15岁拜宫宝田为师，与宫宝田同宿同食十二载，亲如父子，宫宝田也将平生所学倾心相授。

王翰之画作

日军投降那年，王壮飞一家离开烟台，在上海定居，开了个天侨机械食品厂。再后来，厂没了，一家大小八口人，就靠王壮飞教拳为生。

老上海们或许还能记得山西南路 176 号门口的那块牌子——“宫宝田门人教授八卦拳”。还有一块“天下第一拳”的匾，为了别太张扬，所以挂在房间里。有位姓戴的小伙子慕名前去拜师学拳，只见王壮飞西服领带的，穿得十分绅士，心想，王大师教的是中国拳术，怎么穿的却是西式服装呢？王壮飞问，你为什么学拳啊？小戴一个立正说，“保卫祖国”。一旁一个吸着烟袋的山东老太太笑出声来，说，这孩子有意思。

她是王壮飞的妻子，说的是山东官话。

这小戴以后就成了王壮飞的学生。

那时学拳都是三块钱一个月，要是交手，就是五块钱了，来者不拒。有人来交手是王翰之最开心的事，因为一两招内就能把对方制服，既赚了钱，又扬了名。不多久，圈中人便都知道上海滩有父子二人，教八卦拳的，人称“八卦二王”，很厉害。

## 天才少年

都说王翰之是天才，但这天才的后面，是好学，是勤奋。

王翰之学拳也是6岁，他没正儿八经地上过小学、中学，跟着父亲一边读书，一边练拳。兄弟姐妹中，只有他学到了父亲的精髓。二十多岁时，他开始教拳，学费也是每月三块，从不多要，也不能少给。

王翰之有体育天分，平时也没经过专业训练，第一次参赛，便拿了个区里的田径五项全能冠军，当年《青年报》的头版，还刊登过王翰之冲刺时的大照片。

王翰之先后考过两次大学，但两次都因家庭出身没被录取，大家都劝他别考了，有学问的人不一定都是从大学里学出来的呢，从此，他也就放下了上大学的念头。

王翰之好学，学什么像什么。因为家在朵云轩对面，父亲又写得一手好字，耳濡目染，所以一上手，金石书画就无所不晓。1962年，他考取了沈尹默主办的上海市青年宫书法班，以后，又先后师从谢耕石、胡问遂、陈巨来、陆澹安、沈禹钟、朱大可等名师，遍学诗文、易经、金石书画、古字画鉴定等，涉猎广博且精深。

王翰之喜欢中医，当年没考上中医学院，一直耿耿于怀，他找到中医学院的针灸主任教授，一周一次跟他学中医学院的课程，自己则写字刻章作为回报，一年便学完了大学四年的课程。他在文革时培训过赤脚医生，为病人开方治病，以后，医术渐精，一个自学成才的人，居然能给全国各地医院的主治医生开讲座，还发起成立了上海市软组织研究会。

有学生回忆当初见到他的情景，穿着白衬衫，深色裤子，一双圆口黑布鞋，手上总是拿着一本书，时时翻看。他满肚子的学问，大约就是在那时积累下的吧？

## 蹉跎岁月

转眼到了文革。初始王壮飞父子还是很风光的，那时候造反派都喜欢打架，这派那派的，知道八卦拳厉害，都来学，每周六和周日，复兴公园，热闹得不得了。

别的拳种早就偃旗息鼓了，只有八卦拳还在教，动静大了，就容易招惹是非。以后王家的日子就不好过了，造反派说王家是资产阶级，每天都把王壮飞拉出去批斗。王翰之年少气盛，几次三番后，便举起一把菜刀冲进造反派头子家，说，你要是再打我父亲，我就把你们全家都劈了！

没多久，就有熟人前来报信，说有人要害你父亲，快逃吧！

王翰之找同学弄了一辆卡车，让父母与小弟赶紧逃。先到安徽，后又逃到山东去找大哥。那天大哥刚准备下饺子，一伙全副武装的人便冲进来，把父亲五花大绑地抓走了。同一时间，王翰之在上海也被抓进了卢湾区公安局。

都是些莫须有的罪名，但无处辩解，48天后，父子俩又突然被释放了。事后得知，当时马天水、王秀珍已在他们的死刑报告上签了字，他们差点就被枪毙了，幸亏有人替他们说话抱不平。

日子不咸不淡地往前过，波澜不惊，要不是遇到了余绮梅。

一天，有人对王翰之说，介绍一个女学生跟你学八卦吧，那人资质很好，学什么都快。王翰之不感兴趣，说，我从来不收女弟子的。可是他刚一抬头，便看见不远处站着一个女子，那女子明目皓齿，十分清秀，正望着他呢。他心里一动，便破天荒地收下了这个女弟子。

她就是余绮梅。那是1974年，她22岁，王翰之32岁。

学拳的日子就是他们恋爱的过程。三年后，爱徒成了爱妻。

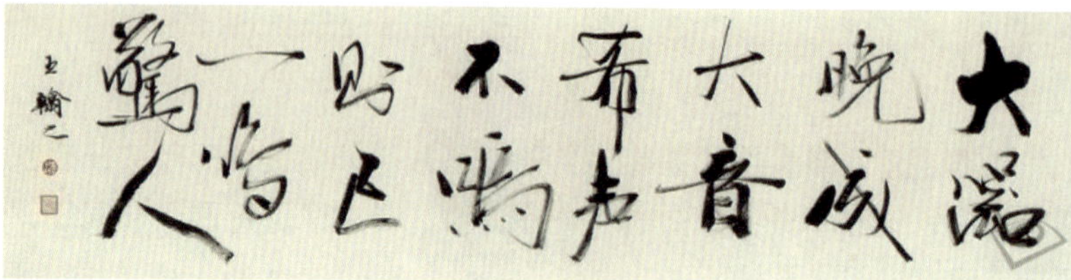

王翰之书法作品

## 初露峥嵘

1982年，王翰之夫妇踏上了澳门的土地。他们在澳门举目无亲，一无所有，王翰之深知，想在澳门站住脚，还得靠自己的真本事，他向当地最大的武馆下了战书。那武馆是叶子强开的，叶子强是澳门炙手可热的黑老大。

登门造访的那天，王翰之就让所有的人都开了眼。他看着武馆里那些膀粗腰圆的人说，大师来了你们怎么连礼貌都不懂呢？在场的人都愣住了，心想这个人是不是吃了豹子胆。叶子强是个见过世面的人，想看看这个小伙子有什么能耐，他说好，摆席招待！

席间双方谈笑风生，酒足饭饱，王翰之想，该动手了。

叶子强有两个保镖，王翰之先选了那个比他高半头的。那人刚一发动，王翰之顺势一掌就进去了，把那人打得倒退几步摔在玻璃柜上，当啷啷啷，玻璃碎了一地。另一个不敢打了，要与王翰之比试擒拿，王翰之顺势一扭一拿，那人顿时跪了下来。叶子强大喜，当场就说要跟王翰之结拜，交他这个朋友。

澳门是个好武的地方，王翰之这一打，就打出了名，隔三差五便有人找上门来，挑战的方式也五花八门。一位被重金聘请来澳的泰国拳师，以“铁腿”闻名，跟他交过手的，大多手折脚断。他听人说王翰之被称为“铁臂钢叉”，心中不服，上门挑战。王翰之说这样吧，我伸出手臂，随你这个“铁腿”怎么踢，踢断了不用你赔。那人伸腿就踢，踢了两下，腿部便淤黑疼痛，最终认输离去。一位港澳著名的武术界老前辈说，李小龙的大名是电影拍出来的，王翰之的大名是打出来的。

媒体都长着狗鼻子，闻风而动。澳门电视台拍摄了一部纪录片《武术大师王翰之》，澳门《大众日报》《澳门日报》等，均报道了王翰之“变化无穷，威力摄人”的八卦拳功夫。

以后，王翰之又在东南亚打出了一片天地，新加坡《联合早晚报》，马来西亚的《民生报》《新明月报》等，都以整版报道了王翰之“惊世骇俗”的文武才学，新加坡武术教练协会还向他赠送了“一代英杰”锦旗。

## 父子双雄

多数中国人都知道海灯的大名吧，在整个80年代，海灯被吹得神乎其神：他会“二指禅”“童子功”“梅花桩”和“铁布衫”；会“达摩气功”“六通气功”，是“集武学、佛学、文学于一身”的少林宗师。1985年，海灯应邀去美国纽约，纽约有个东方武术院，院长叫陈邦，习武几十年，在当地颇有名望，他多次想挑战海灯，可一连三天，海灯就是闭着眼不应战。

王翰之去美国访问，正好赶上这个时候。

听闻王翰之的名头，于是陈邦想试试他的虚实，可刚一个回合就输了，他心悦诚服地拜了师，并聘王翰之为终身名誉院长兼击技顾问。

那年的美国刮起了一场王氏旋风，王翰之在纽约数次召开记者会，赢得了“寰宇称雄”的尊称。美国《北美日报》《世界日报》等各大媒体也分别以“王翰之访纽约以功夫会友，八卦拳王打遍天下无敌手”“第四代八卦拳传人技艺精湛，王翰之允文允武折服纽约客”等为题争相报导。

儿子在外面打得风生水起，父亲也在内地声名大噪。

1984年，王壮飞作为一代武术大师，被上海市政府聘为市文史馆馆员，任武术组组长，开创了武人进文阁的先河。1986年，王壮飞被邀参加世界各源流武术交流大会作表演，大会为他颁发了“神功盖世”与“泰山北斗”锦旗。1987年，中国海军陆战队特聘父子俩教授技击散打，教了几个月，那些兵就已经能胜过专业散打队员了。由于成绩斐然，《人民日报》《新民晚报》《解放日报》与一些专业武术杂志都作了相关报道，部队领导也先后接见了他们父子。

## 文德武备

王翰之“会”的东西太多，想一一说清楚是件不容易的事。

他的书法号称“在纸上打拳”，潇洒磅礴，饱含北魏时期的豪放、率真、野逸之风。究竟好在哪里，说一件小事。

二十多年前，扬州政府新建了一个栖灵塔，其高大乃东南亚之最。门前的匾额已请赵朴初书写，塔门的对联经多位大师竭诚推荐，选定了王翰之。王翰之接到邀请后，一年都没有答应，一次，他正在北京启功大师的家里做客聊天，启功说，人家请你写，说明你的字好，你为什么不写呢？于是，这幅由王翰之书写，被行家称之为“无论纵观、横看，整体看、分割看，均字字珠玑，绝无哗众取宠、矫揉造作之误笔”的楹联，便被镂刻在汉金丝楠木上，永远地立于栖灵塔塔门两侧了。

王翰之先后在新加坡、马来西亚、港澳台、日本、韩国、法国等国家和地区举办过书法篆刻展，应邀在烟台、西安博物馆、西泠印社举办过书画金石个人展，上海文史馆请书法大师胡问遂为之书“艺苑奇才，文武双绝”赠之；他应邀参加长安国际书法年会，陕西省书法家协会主席刘自读先生感叹曰，“古有王羲之、王献之，今有王翰之也。”1993年，王翰之应聘为日本筑波、奈良等大学书法研修班的师生讲学，他以八卦周转、八方拱心等周易拳道理论讲解王羲之的“兰亭序”，轰动书界。

王翰之的画风清雅空灵，在陕西中国当代名人书画艺术品拍卖会上，他一幅小小的简笔“梅花图”便标价4万元，价格与李可染、启功等大师的作品相仿。

王翰之的古字画鉴定水平也十分了得，每逢北京、沈阳等地有书画鉴定方面的活动，中国古字画鉴定专家杨仁凯、启功等大师都会请他出山。杨仁凯老先生对王翰之鉴赏古字画的水平更是由衷钦佩，1992年，他亲笔写下推荐信，称“自己从事书画鉴定已有年，自愧不如，当退避三舍”。还欣慰地说，“我国鉴定人才出现断裂之虑，中青年如王翰之先生之才能，必能胜任”。希望王翰之得到国内外文物界同仁的认同。那年，王翰之不过五十岁而已。

王翰之打拳自称是“在空中写字”。见过他演示的都说，他走掌轻灵圆浑、变换自然、柔中寓刚、风姿倜傥。身随步翻，步随掌旋，拳过之处，虎虎生风。倘若与人交手，则在走中打，打中变，攻守无隙，变化莫测，把八卦拳的精妙表达得淋漓尽致。北京八卦掌研究会老会长李子鸣见了王翰之演练的八卦拳后，称其“才识胆力形神功韵，宏大博远一世之冠”，是“八卦正宗，武林英杰”。

鉴于王翰之的文韬武略，1999年，他被世界文化名人评定会评为“世界文化名人”，荣获金质荣誉证书。

## 光大吾门

日子慢慢地往前走，妻子贤惠体贴，二女也各有建树，早已功成名就的王翰之，照理可以过过清闲日子了，可是他却越来越无法安宁，心里老有一个声音对他说，老祖宗传下来的国宝，不能在我手上断了代啊！

八卦拳又称游身八卦连环掌，董海川创编后传尹福等弟子，尹福又传宫宝田。尹福和宫宝田先后任慈禧太后和光绪皇帝近身侍卫首领，光绪帝和众亲王贝勒都心仪八卦，跟着学练，此后八卦拳便被皇家御用，严禁外传，人称“绝拳”。王壮飞得宫宝田真传，王翰之又有父亲倾心传授，已尽得八卦拳之精髓，但是他多年旅居海外，早年的不少弟子，大多四散离去，如何把这门濒临失传的绝世瑰宝传承发扬，成了王翰之的一桩心事。

想聚集人气，重振八卦雄风，需要一个组织，2010年12月6日，历经数年的奔波交涉，国内首家八卦掌省级武术专项协会——上海市八卦掌协会成立，八卦掌第四代掌门王翰之出任会长。

2011年2月，王翰之将历代密不外传的八卦掌一部分秘诀公之于天下，编著出版了《拳道》。《拳道》阐述了八卦拳知己知彼、知天知地、八方拱心、无间不入的精深奥义，被称之为武学史上一部论拳的杰作。以后，他说还会出第二部，第三部的。

王翰之年逾古稀，回首当年的英武，有点感慨。他说，毕竟年纪大了，腿脚没有以前灵便，但是他仍抱着光大八卦拳的理想。他打算找点资质好的十几岁的青少年，自己亲自执教，教个三至五年，相信一定能带出一批好苗子，将八卦拳传衍下去。

有缘学习这门绝世之学的人，是有幸的。

一种憨憨的小愚蠢，一种有点搞不清楚状况的小迷糊，甚至是那种沾沾自喜的小聪明，让王自健散发出“可爱”的亲切感。

# “胡诌瞎侃”王自健

文/子予

奇谈怪论也好，胡诌瞎侃也罢，一阵海侃之后，他眨眨一双貌似无辜的大眼睛，耸了耸肩，头微微一侧，憨态可掬地笑了……在他摆出这副“招牌式”的神情前，台下早已乐不可支、前仰后合了。

这个来自皇城根儿的“80后”相声演员，以一口道地的“京腔”，嬉笑怒骂，拉家常道时事，仿佛在举手投足间就轻轻松松地赚走了上海众多青年人的笑声。

你一定已经知道他是谁了。是的，王自健，这个2012年开始在东方卫视大红大紫的北京“80后”。

## 星期天晚上的开心果

周末什么时候最不开心？相信许多人都会说：周日晚上。的确，经过了两天的放松，即将又要面对一周的紧张忙碌，上班族们或多或少、或轻或重都犯着点儿“星期日综合症”，对于一些白领来说，周日夜里的焦虑、不安尤为明显。

夜里22:45，当许多人的焦躁即将爆棚时，《今晚80后脱口秀》赫然登场，大大咧咧、迷迷糊糊、乐乐呵呵的王自健登场了，带着他一些不着边际的奇思妙想，带着对当下时尚话题的独特见解，顺带扯上他的“死党”——蛋蛋、赖宝和死胖子王建国，一阵狂侃，那爱捡兑奖瓶盖的奶奶被气出的“祖母绿”脸，那上课爱接老师话茬的小王自健，那被交警拦下查酒驾现场喝酒的司机，那乔装打扮骗人让座的“倒霉蛋”……当他们在深夜里现身，活灵活现地出现在《今晚80后脱口秀》中时，观众也不免为这个周末里的“快乐宵夜”而兴奋。品尝宵夜的过程是享受的过程，更是放松的过程，在咧嘴开怀之时，在忍俊不禁之中，人们的心情愉悦了，神经放松了。

节目播出近一个小时，播完已然夜深。笑过了，笑累了的人们，此刻轻松脱掉了焦躁的外套，带着对那些笑点的咀嚼回味，欣然入梦。这帖治疗“星期日综合症”的药，药效非凡哦！该节目制片人叶烽曾说：“我们的观众群主要是24岁到44岁的青年高级知识分子，这很难得。关于节目的收视率，也有不少人说，很难想象一个周日深夜档的节目收视率，与黄金档节目收视率相比，竟然相差无几。”

## 不一样的“京腔秀”

说到“脱口秀”，许多上海人自然会想起周立波。周立波跳槽浙江卫视后，也带走了“番茄台”曾经的标志性脱口秀节目《壹周立波秀》。随后，东方卫视大胆起用年轻的王自健挑大梁，打造《今晚80后脱口秀》。

2012年7月18日，东方卫视广邀全国各地媒体，正式宣布和王自健签订长约。在媒体的见证下签完“卖身契”后，王自健在主持人林海的“怂恿”下，和上海电视台副台长四目相对、含情脉脉，发表了“厮守终身”的誓言：“如果你对面的这位先生，因为你感冒、拉肚子、不听话、耍性子、不想说段子而不发你一分钱，你都愿意作为他的员工一生一世吗？”林海一番话后，王自健面露难色，挣扎了好一会儿，冒出一句：“管饭吗？那就愿意吧……”

从此，《今晚80后脱口秀》便在东方卫视火速蹿红。早已习惯了周立波那种略显鬼灵精怪的刁钻，以及那种洋泾浜式的普通话，冷不丁蹦出一个操着一口纯正“京片子”的王自健，让吃惯“本帮菜”的观众尝到了北方菜的爽快新奇。王自健不仅敦实的身材与周立波大相径庭，主持风格也与周立波背道而驰——就是那么一种憨憨的小愚蠢，一种有点搞不清状况的小迷糊，甚至是那种沾沾自喜的小聪明——这些不少“80后”身上的小缺点，反而成了王自健最让人感觉亲近和可爱的地方。那副不谙世事的模样更让不少在复杂的人际关系中如履薄冰的沪上白领们感到了前所未有的放松与自在。

年龄上的接近、外表上的亲近，以及观念上的趋近是王自健吸引年轻白领的最重要的因素。王自健在调侃与自嘲中，将他独特的“京腔秀”逐渐演绎成了当下所有青年白领的“生活秀”。

不论你来自大城市还是小村庄，只要你是“80后”，总能在《今晚80后脱口秀》中找到自己的影子，从而产生对于节目的共鸣。王自健聪明地攫取了当代青年人的“共同记忆”——成长中的动画片偶像，幼时上学的种种不解，成长中的各种曲折；以及当下青年面临的种种问题——房价、油价、食品安全、交通出行、环境保护……凡此种种，夹杂在有着“吃货”胃口的王建国、需要开眼角的小眼睛蛋蛋等的故事中，刻画出一整批丰满、立体的“80后”群像。这就让观众仿佛透过舞台看到了生活中的自己，王自健无论是哭是笑，是愤怒是开怀，是自嘲是自傲，都仿佛是观众自己对生活、对人生的诠释。

人们最关心的是，王自健是否会成为下一个周立波，还是成为划过荧屏的一颗流星？“我应该还会再红下去的，还能再往上走七八步吧，我的时代会降临的。”顿了顿，王自健又开起玩笑，“走十步，也许就成为成龙大哥了，但那儿，我一辈子都到不了。”

王自健

# “小王爷”也曾是口吃

1984年出生的王自健，自幼在北京蒲公英艺术团学习相声，相声师从侯耀华先生，评书师从评书名家马增祥（马岐）。自小打下的深厚功底使得他今日能够在舞台上挥洒自如、游刃有余。

但王自健说，别看他如今说话挺“溜”的，其实他曾经患有口吃。“看姜文的电影《有话好好说》，觉得姜文那句经典台词‘你跑跑跑什么啊？我就就想请你吃吃吃个饭’特别好玩，一模仿后就真的结巴了。”王自健表示，因为这个，他不得不退出中央电视台蒲公英艺术团的相声学习。“其间，有一次帮老师买票，因为口吃没有讲清楚问题，被老师批评。然后自己跑去楼顶，写纸条道歉，引来全校围观。”

口吃后的王自健当过编导，曾开过公司引诱观众答题赚钱。后来因节目违规公司被查封，没了钱，事业落到低谷，口吃却奇迹般地治愈了。在打拼阶段，王自健给电子游戏杂志撰过稿，做过电视台的编导，最终仍毅然投身相声事业，一路走来，“也没被知名艺人欺负过，感觉就像是被上帝选中的幸运儿，特别顺”。

而牵手东方卫视，可谓王自健事业上的一个飞跃。随着节目人气的提升，王自健的出场费也日益看涨，有消息称现在王自健演出一场就要15万。对此不免有人质疑：在相声界里，出道不久便开如此高价，是不是特别“不懂事儿”？谈及出场费，王自健从来不避讳：“最初网友说8万出场费，是为了避免一些外事活动，这样可以安心在家里创作相声。不过现在，公司给定的出场费是15万。”《今晚80后脱口秀》制片人叶烽对此给出的结论是“优厚且合理”的。高价码自然应该有高质量，王自健对自己的相声和脱口秀作品很有信心，他自豪地表示，从头到尾都是原创，“即便是用了别人的东西，我们也会付钱，我不喜欢白用别人的劳动成果”。

# 让传统相声穿上时代新装

带着重重的鼻音，王自健把药家鑫、李庄和言论自由说进了相声里，在视频网站上点击量超过了四百万，又在微博上被疯狂转发。时事讽喻出现在相声里，从来不是什么新鲜事儿，但是借着网络的威力，王自健把相声里自己的前辈们没有发扬光大的那一部分，发挥得淋漓尽致。

但也有人为此站出来指责王自健不说老段子，老说新闻。王自健很委屈地说："其实我每周都说了传统的段子，只是大家觉得时事新鲜。"王自健坚信，在说传统相声上，他在30岁以下的相声演员里是比较优秀的。一套六本的《传统相声大全》，他翻烂了一套，还很认真地做笔记。不过，王自健表示，有些传统的作品到现在已经不觉得好笑了。比如《八扇屏》，纯贯口，站在台上，一段纯贯口下来非常潇洒，但在现在的观众看来，它不好笑，因为观众和时代都变了。"相声的改革要从时代开始。《八扇屏》既然流传下来，在当时肯定是非常好笑的。因为坐在台下听相声的那是大爷，是冲着找乐子来的，不好笑一分钱不给。你说当年的相声戏曲，马连良、梅兰芳，就是当时的周杰伦、蔡依林。"

为了让自己的作品更精彩好看，王自健一直努力地在进行创作和创新。在上海的时候，他一天只睡两三个小时，真是"非常累非常累非常累"，可是他硬是坚持了下来，每次都能用最新鲜、最受关注的话题，最大众、最时尚的语言吸引最多的观众。

2012年9月18日到23日，王自健的个人相声巡演在上海兰心大剧院正式启动，6天的演出场场爆满。对于徒弟在上海演出，侯耀华一开始是不看好、也不支持，他说："相声中的方言文化很重要，王自健想要在上海站住脚跟需要更多努力。"对于师父的担忧，王自健本人乐观得多："他就是老艺人思想，中国相声演员能在上海干下去的，以前就侯宝林侯师爷一人，所以他老说你才多大就敢来上海？其实现在全国推广普通话，这些年网络又把城市距离拉这么近，北京年轻人逛来福士，上海年轻人不也这样？基本上如今北京人和上海人在生活上已经没有本质区别了。”

经过把语言从北京话调整成普通话、加入上海方言和上海地名等改动，王自健认为效果很好，首演结束后兴奋得睡不着，“第一场第一个节目还是有点忐忑的，毕竟没在上海说过。结果观众太热情，山崩地裂的，好多人都跟我说上海来不了，没办法说相声，我看怎么不能做？我在上海常住半年多，观察上海人怎么说话、了解他们的思维方式，才能潜移默化地改到大家都笑得出来。”而据主办方统计，4个小时的演出平均30秒一个笑点，95%的观众都观赏到了最后。

这是一场有准备的“仗”，王自健称自己此前准备了好久，包括体力的积攒，“刚开始就准备了3小时的节目，但演起来发现观众反响很好，延长到了4小时。全年这么干体力肯定跟不上，那样状态会下降，就不值你卖的票价了”。

在北京，王自健的小剧场相声依然上演，场场爆满，“上海观众会坐飞机、坐高铁到北京看我一段相声，然后当天回去，上海阿姨应该也能喜欢我，因为我呆萌呆萌的”，而且，“我会根据各地的欣赏习惯对段子做调整，绝对不能像有的相声演员那样，一个作品说一辈子”。

你拍得不如他，是因为你爬得不够高。

——《中国国家地理》杂志社执行总编单之蔷

# 俯瞰青藏高原的雄鹰

## —— 摄影家李国平散记

文 / 金文龙

《高镜头》，一本令人极为震撼的青藏高原的摄影画册。

四川成都汉子李国平，犹如一只历经风雨的雄鹰，在青藏高原险峻的群峰间翱翔，用他挚爱的镜头，将高原四季的绝世美景定格，为后人凝固了恢宏壮观的世界屋脊青藏高原亿万年的变迁。

十多年来，李国平陪同国家“南水北调”西线工程环境生态考察队、“为中国找水”考察队，以及《中国国家地理》雪山冰川考察队、英国高原动植物考察队等，在海拔6000—8000米的险峰峡谷和冰雪荒凉的极寒地带，用生命的脚步丈量了横贯中国西南和西北的世界海拔最高的高原，足迹踏至不计其数的鲜为人知之地。

他历经各种艰辛、时刻冒着雪崩、坠入悬崖、冰裂缝等生命危险，拍摄了大量珍贵的人文地理影像资料。特别值得一提的是2010年，李国平用了六个月的时间，独自行程30000公里，孑然一身前往整个喜马拉雅山的腹地进行考察拍摄，给人们留下了从未曾见的绝世美景，也就有了本文开头的《高镜头》画册。

诚如《中国国家地理》杂志社执行总编单之蔷在《喜马拉雅孤行者》一书序中所说，李国平好像是专门为青藏高原所生的，因为他总是在高海拔甚至是一些无人前往的地方拍摄，他的图片大部分内容都是青藏高原。“在高原上他行动自如，有如高原上的野牦牛。”

## 风景这边独好

多少次，李国平单独进入青藏高原，冒险翻越生命禁地和无人逾越的地段，与死神擦肩而过，拍下了珍稀的照片……

金沙江上游海拔4000米以上的曲麻莱段的通天河，是真正意义上的“长江第一湾”。整个通天河都在平均海拔4500米以上的青藏高原流淌，人迹罕见。

找到这个湾已属探险，更何况还要重复爬上比通天河还要高许多的岸边山头，选取一个能够将整个湾全部摄入镜头的制高点，这太艰难了。

看到这个湾，李国平惊喜异常，立刻架起了相机。但刚开始拍的几张照片他都感觉不理想。因为视点低，而要拍出好片子，就必须爬到更高的山上。

他没有犹豫，第二天天未明，他独自一人携带照相器材上了山。一个小时的攀爬，回看S形的通天河，已经比他昨天在桥边看见的壮观得多。可李国平并不满意，他知道越往上，越会有更美、更好的视角。

于是，他继续两步一停、三步一回头地喘着粗气，艰难地往上攀爬。一路上，看到远处山背后的通天河九曲婉转的壮观程度，随着他攀爬的高度而不断增加，他的眼眶湿润了。要知道，这是他自2007年冬在谷歌地图上见到通天河的图案后，3年多来都魂牵梦萦的壮美图景呵。

他在60度的斜坡上爬得并不轻松，路上那50度的岩石碎屑坡更让人心惊肉跳。意想不到的事情发生了，在一处岩石碎屑滩，李国平脚刚踏上去，上下石滩就整个往下滑，人也不由自主地一起跟着下滑，根本无法控制。下面的坡度越来越大，再下去就是接近百米的悬崖。此时，碎石河流越滑越快，眼看着一路向悬崖奔去。李国平刚才的兴奋迅即被恐惧和绝望所代替，无奈地闭上了眼睛……

幸而命不该绝，过了一会，他突然感到停住了。一睁眼，李国平发现自己已停在了一块突出的岩石埂处，往前3米就是悬崖，生死之间真正只有一线之隔！从死亡边缘回来的李国平，似乎忘了刚才发生的惊险一幕，继续沿着近70度的崖壁往上攀爬。

快到崖壁顶端时，他看到了在崖壁上生长的龙胆花。几朵蓝色的小花，那么弱小，却生存在生命的禁区。白天温度50摄氏度，晚上零下10摄氏度以下，但其生命力却是如此顽强。感慨之余，李国平一鼓作气攀上了山顶。

无限风光在险峰，看到几乎360度环绕在山下、九曲蜿蜒的通天河，李国平为自己能够成为拍到如此壮观的“中国第一湾”的第一人而深感荣幸。刚才的生死瞬间，早已被他抛在了脑后。

这样危险的境况还遇见很多次。

在大渡河大峡谷最壮观的金口河段，以往人们只去过峡谷的北岸，因为南岸的甘洛境内险峻异常。为了拍摄到更好的景观，李国平毅然不顾生命的危险去了，而且与向导一起穿越了那段即使猎人也很少走过的峡谷。

他俩行进到一处极为陡峭的崖壁下时，突然呼的一声，一只山羊从高处跌落，摔死在他和向导的面前，险些砸在他俩的头上。这里的山羊生长在峻岭中，攀爬崖壁行走如常，一般不会失蹄。而出现这样的情况，只能说明这里的山势太险要了。李国平和向导不由得面面相觑，太险了。

还有一次，李国平驾车到香加拉山拍摄，到了山顶以后不禁毛骨悚然。路极其难走，左边是十几米深的沟槽，右边是几百米的陡坡，可供行走的路面很窄很窄，且又异常泥泞湿滑，黑色细粉泥浆让车不受控制。一路上危机四伏，不到10公里的路李国平足足开了两个半小时。途中又是下雨又是下冰雹，弄得李国平高度紧张，一度甚至感到有些绝望，怀疑能否走出去……

为了拍摄到好的照片，李国平什么地方都敢去。在四川的凉山州甘洛县，有一个很偏僻、很奇特的彝族村庄叫二坪。这个村庄在大渡河边的万丈峭壁之上，村民与外界的交往只有一座高架在2800米绝壁上的五道木头的悬梯。二坪村里的牛都是幼小时，村民们从木梯上背上去的，这些牛直到死都没有机会再下来。而李国平是第一个爬上那木头悬梯，进入这个村庄拍摄的专业摄影师。

在二坪村，李国平发现了一对夫妻教师，在这里无怨无悔地默默教书15年，令李国平深为感动。为此，他在网络上进行及时报道，感动了许多人。由于李国平的报道，使这对夫妻教师三年后成为2008年“感动中国”的十大人物。

李国平摄影作品

玩命，这是形容李国平最生动的词汇。在西藏八宿县，清晨，当同行的考察队员还在梦乡中时，李国平已经爬上了村边一座海拔高达5000多米的山头上去摄影了。由于天气阴沉，拍的照片不理想，他就返回。当天下午3点多钟时，天气开始变化，阳光透过云层射出来，李国平便立即背起相机，第二次上山了。海拔5000米的高山，上一次已让人佩服。而一天上两次，这是一种怎样执著的精神呵！

李国平在探险中把同行的同事、朋友、向导的生命看得比自己的生命还重，救人于危难之中，让人永生难忘。

有一年，《中国国家地理》执行主编单之蔷和同事以及李国平一起走川藏线。在昌都地区一个叫来古村的地方，单之蔷和同事徒步去来古冰川考察。由于被冰川所吸引，结果天黑了他们还在冰川上。

为走近路返回驻地，单之蔷和同事选择涉水过几道冰川融水形成的河流。冰河水砭人筋骨，寒入骨髓，在河中每走一步，都要付出极大的代价。加之没有照明工具，只能用手机的光亮当电筒使用。当单之蔷和同事极度疲惫，几乎一步都走不动时，忽然，单之蔷看到了远处漂浮不定如豆的灯光，逐渐地在向他们移动。

随之，单之蔷听到了喊声，再后来又有一双臂膀在河中支撑起了他几乎没有知觉的身体。原来是当天爬了两次5000米山头的李国平带了村民来接应他们了，并给他们带来了食物。

回程的路上，心细的李国平还通过对讲机，让在大本营的同事给单之蔷放《回家》的音乐。

在攀爬阿扎冰川的途中，李国平一行三人（包括向导）尝遍了艰辛。在一次攀爬崖壁时，攀在最前面的向导突然脚底一滑，摔了下来。李国平眼疾手快一把抱住了向导。同时，李国平挂在胸前的尼康相机却被猛烈的冲撞甩了出去，瞬间掉进了身后几十米深的悬崖下的冰河里。

2009年，考察队从格拉丹东下撤，行至一条冰河时汽车发生故障，翻转180度后倒扣在河里。考察队队员徐晓光和藏族向导乌卓被压在后座，身浸水下。此时，坐在副驾驶座位的李国平第一个从车里爬出，并在第一时间迅即砸开后窗，将徐晓光和乌卓拉了出去。

## 江山如此多娇

李国平青藏高原的摄影作品大气磅礴，场面壮观，让目睹者无不热血鼎沸，仿佛置身于海拔5000多米的高原。

高原寒风的吹蚀，使洞内的冰面上形成不规则的凹凸和纹理，高原耀眼的阳光反射到洞壁上，闪烁出不同色彩的炫光。冰洞一圈裹着一圈，层层叠叠，犹如千万年岁月凝聚的时光隧道。这是中国最长的海洋型冰川——恰青冰川，千百年来，从没有人见过如此壮观的冰洞，李国平是第一个出现在它的面前并留下照片的人。在这人迹罕至的冰川里，李国平差点被冻死，也险些被泥石流掩埋，但他九死一生，换回了一幅珍贵的“冰川隧道”照片。

在李国平的作品中，有一幅被誉为“上帝的宫殿”的佳作。清晨的霞光透过云层，将金黄色洒在形态怪异、高大挺拔的土林上，尤如鬼斧神工雕琢，在人们面前展示出恢宏宫殿一般的壮美。整幅作品浑然天成，大气坦然，使人如身置神话仙境。

李国平拍过许多冰川和冰塔林的照片。在海拔6000—7000多米、空气极为稀薄的雪峰上，李国平对绚丽多姿、气度非凡的冰川如痴如醉，流连忘返于心驰神往的冰雪世界。他还拍过许多冰塔林，有的状如神奇的石蘑菇，有的耸立如方天画戟。

位于珠峰北侧山下的绒布冰川，似一条巨龙盘旋而下，气势雄浑。这里地形复杂，气候多变。虽然是一条静止的冰川，但整个姿态却充满了奔腾的动感。李国平深入冰川腹地，截取了最有代表性的一段，摄下了一张冰川和冰塔林融为一体、动静结合的照片，从而把晶莹剔透、宁静致远的景象活化了。

而另一幅把地球上第一高峰珠穆朗玛峰、第四高峰洛子峰、第五高峰马卡鲁峰、第六高峰卓奥友峰、第十四高峰希夏巴马峰五座高峰汇集在一起的照片，尽管是接片，但是那么细腻和精致，凸显了李国平高超的摄影水平。

在辽阔青藏高原行走拍摄的李国平，得到的是什么呢？正如对青藏高原有着极深感情的我国著名环境生态学家，已经八十高寿的徐凤祥教授所言，对李国平来说，“这样宏大的天地行走，是心灵一次一次，一段一段的净化洗礼，是在大自然里得到精神的最大释放、灵魂的最大升华”。

保护青藏高原的原生态，使李国平产生了一种崇高的责任感。在登高望远、极目无垠的冰川上，他真切地感受到了一个摄影家的崇高之美。

2012年9月，在徐悲鸿美术馆，笔者有幸参观了李国平《至高影·至高音》摄影展。笔者曾经去上海世博会86次，并自费出版了《舞韵世博》的画册，被上海档案馆收藏。笔者最大的感受就是累，身体免疫力严重下降，荨麻疹三天两头发作。浏览《至高影·至高音》摄影展，笔者被震撼了。人人都惊悚的高原反应尚且不说，在海拔6000—8000米的冰凉极寒地带拍摄，随时都会有雪崩、坠崖等生命危险啊！

冰川界的老前辈施雅凤先生曾经有过这样一句名言：“冰川事业是一项豪迈的事业，是勇敢者的事业。”50多岁的李国平为什么要在有生之年，义无反顾地执著地从事于这一事业呢？

此刻，李国平就微笑着坐在笔者的面前。这是一个体格强壮的四川硬汉，粗壮有力、被青藏高原上的蚂蝗咬得到处是疤痕的手臂，把T

恤的短袖撑得鼓鼓的。李国平眼睛虽不大，但透过镜片却显得格外睿智有神。他头发背梳，卷曲在脸颊的两旁，浑然一个不拘边幅的艺术家形象。他用缓慢却有力的语调告诉笔者，青藏高原是中国和亚洲生态环境的心脏，世界第三级的雪山冰川是地球这个大冰箱的调节制冷循环液。在十多年的世界屋脊雪山冰川的考察中，他深感保护青藏高原的重要性。

他神情严峻地说，一旦青藏高原的雪山冰川消失，那就意味着中国和亚洲的主要江河就会干涸断流，荒漠化会很快到来。当中国与南亚的人和动植物都面临无生命之水的灭顶之灾时，人类该怎么办？李国平表示，这就是他这些年来持续关注高原变化的原因，为赖以生存的地球做一点力所能及的事情。

他直言，作为一名摄影师，除了记录地球的美和变化，他更想用手里的镜头，去感动和争取更多的人来保护我们的地球。

李国平的辛勤努力，使其收获颇丰。2011年《中国国家地理》杂志和大百科全书专门为他出版了《喜玛拉雅孤行者》画册。画册一经问世，便广受欢迎。其后，社会各界以及国外友人都强烈希望他在此基础上能出版一本更为详细的中英文画册。为此，李国平又于2012年6次探险青藏高原，其中7月在中国第三长的海洋型冰川考察时，不慎摔伤了右后肋骨。

在《高镜头》画册中，李国平精选了一百多幅照片，配上了中英文对照的说明文字。并用精炼的语言，记录了探险背后的故事和人生的经历与感悟。极具历史价值的画册，让人们对青藏高原有一个更为全面和完整的了解，也为我国雪山冰川的保护提供了翔实的珍贵资料。

十余年青藏高原历经千辛万苦的探险，使李国平对青藏高原这片神奇的雪域充满了深情。这位五十多岁、强悍刚烈的四川成都汉子，将矢志不移把余下的人生镌刻在青藏高原巍峨的冰川上。

围棋是什么？是一种师法自然的智力游戏；是一种取象天地的娱乐工具；更是一部隐喻宇宙的无字『天书』。

围棋，博大精深，玄妙无穷；大道至简，大象无形。围棋，千古无同局，是既简单又复杂的桌上竞技游戏。

世事如局，变幻无常；人生如棋，有进有退；棋如人生，胜负寻常。

# 手掌黑白方圆的少年

## ——中国围棋最年轻世界冠军范廷钰散记

文/小　一

围棋是什么？策略性的两人游戏？中国的一种国粹？世界上最复杂的游戏之一？或许对于大部分的人来说，对围棋的认知来自于电视实况转播中，甚至于武侠小说里。生活中，又如何接触到呢？

笔者很幸运，工作的地方就在上海清一围棋俱乐部旁边，经常可以看到一些来学习围棋的孩子，也经常会遇到教棋的老师。仿佛与围棋沾了那么点“亲”。

在知道即将采访中国围棋最年轻的世界冠军范廷钰的老师刘轶一与清一道场的负责人严健响老师时，笔者先去网上搜索了一下小范的相片，本就着看一看这位围棋界的少年世界冠军样貌的心态，也傻傻地想，是不是以前曾经就和这个世界冠军擦身而过呢？不料却有了一个有趣的发现，在笔者看到的所有照片中，小范的表情一直都是一个样子的：眼睑微微下垂，一脸沉静如水。即使是首夺世界冠军，他的脸上仍没有一丝笑容。面对记者的问题，他每次回答都不会超过五句话。让人不敢相信，他竟只有16岁。

或许是因此，他被称为“少年石佛”。

## “艰难”的比赛

“2013年3月6日，第七届应氏杯决赛五番棋第四局在上海应氏大厦战罢，中国小将范廷钰在形势一度非常危急的情况下，依靠顽强的治孤和精妙的官子收束，成功逆转击败韩国90后第一人朴廷桓，以3：1总比分赢得冠军。应氏杯四年一届，冠军奖金40万美元，范廷钰捧得分量最重的奖杯，被视为下一个围棋天王。”

他因此成为了中国最年轻的世界冠军和直升九段棋手！也一举成为目前世界棋坛最年轻的世界冠军。与围棋天王李昌镐一样，范廷钰也是不满17岁（16岁202天）就成为世界冠军，甚至仅差几个月未能打破李昌镐的纪录（16岁182天）。历史上，有4位韩国棋手曾经在未满20周岁时即成为世界冠军，而中国棋手只有范廷钰于20岁前夺冠，此前夺得世界冠军最年轻纪录由江维杰保持，夺冠时年龄为20岁零4个月。

笔者一开始看到这则新闻的时候，最先被"逆转"二字吸引住了眼球，不禁立刻向刘老师抛出了问题：这是怎样的一盘棋呢?

"艰难。"刘老师很肯定地用了这两个字，"这盘棋小范拿的是黑棋，序盘就发挥得不太好，到了上午封盘时候，他的棋风几乎已经被对手完全压制住了，是一场很难的难局"。说到这里，刘老师的眉头蹙了起来，让人几乎能感受到当时场面上的凝重气氛，"到了下午开场，小范利用了一个边角'打劫'，但那时在我看来，局面是非常不乐观的，一直到小范突然在一个意想不到的地方开始发力，硬生生跑出了一块死棋，当时我们全部都没想到，估计对手也是没想到会在这个地方被他跑出来，然后对手慌了，而小范利用他极强的治孤腾挪能力，与精妙的官子收束，赢得了比赛。"一直听到这里，笔者长舒了口气。

"这盘下了近9个小时的棋，其中6个小时是苦战，算是'逆境当中求生存的典范'。"刘老师总结似地补充道。嗯，的确，未临现场的笔者听着刘老师的娓娓道来，都觉得心随着小范的棋势优劣而起起伏伏，其中的艰难那是可想而知啦。

赛后韩国名将朴廷桓掩面失态，而小范却是面沉如水地捧起了奖杯，看起来，似乎小范"范儿"十足呢。

## 小范的"范儿"

"如果用一个词来形容小范，你第一个想到的是什么？""冷酷”，刘老师的回答没有丝毫犹豫。其实问出这个问题的笔者，脑海中浮现的也是这两个字。在十几岁天真活泼的年纪，稳坐在棋盘前，可以一坐十几个小时，不是又“冷”又“酷”么！

说到这里，只见端坐一旁的严健响老师也点了点头，“其实小范一直是个很与众不同的孩子，甚至可以说，他坐在那里下棋，你几乎能够一眼看出，他就是那么一个下棋的苗子，从他性格上讲呢，他的成熟度又是很高的，可以说是高于一般的同龄人很多，而看他下棋，你可以发现，他的棋力非常强大，也就是说，韧劲很足，这在少年人中也是极其少见的。”

刘老师也特别提到了一件事儿。那是他与小范下的第一盘鉴定棋，让了他两子，且开场自己的优势就非常明显，小范初初的棋也下得一般，甚至让他感觉下得挺“臭”的。然而到了最后，让刘老师大跌眼镜的是，他竟然输了。“他就坐在那里安安稳稳地帮你绕啊绕，就把你绕进去了……”刘老师忆起这段“糗”事，脸上一直笑容满满，“那年他只有六岁半啊，这么小的年纪，不容易”。或许正是小范的这股韧劲，以及他这冷酷的“范儿”，让刘指导这个伯乐相中了他。

当时，刘老师每周五都会将小范和另一名小棋手芈昱廷（2013年1月，夺得历史最久、奖金最高的网络比赛——第10届东洋生命杯世界围棋公开赛冠军）带回家训练，为此，他还特地去宜家买了一张上下铺的床，周五晚上教棋到深夜，周六周日又亲自带他俩到应氏大厦去训练。那时候刘老师正主持着应氏围棋基金会办的五段班训练工作，起初，小范还没有达到五段的水平，按规定不能入选，但刘老师发现小范的潜力后，就破格将他招到五段班中，让他和其他高水平的孩子一起训练。

“如果说小芈是火，他的棋风攻击性极强，仿若尖锐的矛，那么小范就是冰，泰山崩于眼前亦不动的冷酷，如一面盾牌。”说到这里，刘老师突然调皮地一笑，“其实我倒是很希望这两个徒弟能够下上一盘，看看到底是那个矛锋利，还是这个盾坚固。”

一番话说得我们哈哈大笑起来，或许，他们交不交手并不重要，重要的是，中国围棋在90后的手里又一次复活了。

## “及时”的胜利

“应氏杯”世界围棋锦标赛，由于其历史悠久、影响巨大、奖金高昂，被称为“围棋奥运会”。而前七届应氏杯的冠军争夺，可以说是见证了中国围棋盛衰的变迁。

1989年，正如日中天的聂卫平在应氏杯决赛中“意外”输给了名气不大的曹薰铉，中国围棋世界冠军之梦破碎的同时愕然发现，韩国围棋已悄然崛起；12年后，聂的弟子常昊与曹的弟子李昌镐迎面相逢，正值石佛全盛期，常昊悲怆倒下；四年之后，有“韧圣”绰号的常昊卷土重来，在北京昆仑饭店血性勃发，力克韩国天王崔哲瀚，终成大业；8年之后，16岁少年范廷钰悄然袭来，以一颗古井不波的心，换得了胜利女神的青睐。

在此之前，三星杯决赛，中国猛将古力痛失好局，被韩国棋手李世石逆转，而农辛杯三国擂台赛，韩国棋手朴廷桓一杆清台，连挑谢赫、江维杰，将中国队卫冕之梦击碎……正在中国棋界又将陷入痛苦反思之前，前有时越一夫当关，在LG杯决赛中完爆“大锤”元晟溱；后有范廷钰横刀立马，斩落如日中天的朴廷桓。由是观之，这是最及时的胜利，也是最重要的胜利。

“现在年轻一代的棋手，虽然不能说已经压制住了韩国同辈棋手，但是放眼未来，他们的前途是不可限量的，以范廷钰、芈昱廷、江维杰、周睿羊、时越等为代表的90后‘小豹队’已经脱颖而出，对中国围棋界而言，是一个可喜可贺的局面。”说到这个，严老师简直眉飞色舞。

其实，在与朴廷桓相约决赛后，本届应氏杯决赛就被称为“决定中韩未来十年之战”。朴廷桓出生于1993年，比范廷钰大3岁。2011年成为末代富士通杯冠军，是第一位90后围棋世界冠军。2012年他终结了李世石多年独霸韩国等级分榜首的局面，并保持5个月积分第一，是名符其实的韩国未来领军人。2011年9月在北京参加三星杯期间，朴廷桓曾直言“中国90后当中，范廷钰是我最大的敌人”。

本届应氏杯，范廷钰淘汰了李世石，朴廷桓击败了李昌镐，加上上述原因，两人被看做中韩围棋未来的天王，这一次决战将影响未来十年中韩争霸的走势。

范廷钰与朴廷桓对弈

正因为如此重要，朴廷桓失去冠军后，多次痛苦地狠抓自己的头发自责，并且拒绝了采访要求。

原来不知不觉中，90后已经站上了世界的舞台开始为国争光了，那么，像小范这样一个90后，拥有着怎样的成长足迹呢？

## “特别”的道路

对于普天下的父母来说，“望子成龙，望女成凤”的心态几乎人人皆有，而众所周知的康庄大道便是念书。但是，也有那么些家长不按常理出牌，剑走偏锋，小范的父亲“老范”便是其一。

出生在上海的小范，4岁就开始学棋。但谁会知道如今的范廷钰九段小时候曾经获得过国际儿童画展金奖？谁又会想到现在的世界冠军小时候学棋缘于其父的一次赌气？当时，朋友的一句玩笑“你儿子不是下棋的料”，让老范怒了，“范爸一生气，后果很严重”，老范辞了工程师的工作，扔了小范的画笔画纸，父子两个，一门心思走进了围棋的世界。

幼时还好，到了上学的年纪，老范小范犯难了，如何兼顾学业与下棋呢？刘老师谈起这件事情，眼睛笑眯成了一条缝，“当时呀，老范去找校长，希望学校保留小范考试的资格，平时的课业则由自己来教，人家校长一开始可不同意，被‘逼急了’一时脱口而出，你儿子又不是年级第一名！嘿，这下可给老范‘揪’住了，他承诺，小范以后要是哪次考试没拿到第一名，就回去念书！你看小范下棋的那股子韧劲，谁说不是‘家学渊源’呢？”

在老范的家教下，小范总是花一个月的时间学完一年的课程，然后其余的时间则用来摆谱练棋，而小范的文化课还真的一直保持着每学期期中期末考试年级第一名的成绩，令校长心服口服，甚而转以支持。

这样的小范，自然也成了学校里最另类的孩子，走着一条不同寻常的道路。

“哈哈，你别说小范另类，其实老范也挺有意思的。”严老师听着这段往事，显得有点乐不可支，不知道是想起来了什么有趣的事，令笔者心痒难耐，迫不及待地催他讲讲。

“老范自己并不会下棋，但也是相当冷静的一个人，平时也是不声不响的，话比较少，很有点‘严父’的样子，但是应氏杯那天，一直很低调的他，竟然邀遍好友，组织大家一起去观摩儿子的夺冠战。”哗，这还是那个一赌气就辞了工作陪着儿子在围棋界闯天下的范爸吗？笔者有点点小惊讶，“是啊，或许也是他自己已经看开了吧，觉得输赢不再重要了，有小范这么个儿子了还有什么可求的呢？”严老师很是感慨的样子。

## 后 记

不晓得是不是因为范廷钰的夺冠，围棋这项运动受到了更多的注目，也有越来越多的小孩子前赴后继地踏入这一个黑白的世界。

“回想当年在这里训练过的江维杰啊范廷钰啊，再看看现在的这些孩子们，觉得年轻一代真的成长得太快了啊，一转眼，他们也都取得了很多的成绩，像刚刚结束的上海市中小学生锦标赛，我们道场里面的学员就拿了5个冠军……中国围棋界不会缺少人才的。”刘老师铿锵有力地说。

是啊，让我们一起期待这些手掌黑白棋子的少年们，在方方正正的棋盘格上，用一颗一颗黑白圆子，画出属于自己的人生轨迹，填充属于自己的小小梦想。

余龙根的麦秆画作品，既有着中国画的写意意境，又有些西洋画的写实立体效果。

# 麦秆上的奇特意境

## —— 记民间艺人余龙根

文 / 高鸿文

余龙根是宝钢股份不锈钢事业部冷轧厂酸洗分厂一名离线平整主操工，从事麦秆画创作已经有20多年了。

这些年来，余龙根几乎把所有的业余时间都用在麦秆画创作上，在他家的客厅里，呈现在人们眼前的，是一幅幅用麦秆拼贴而成的作品，这些作品有着中国画的写意意境，又有着西洋画的写实立体效果。

## 爱上麦秆画

上世纪80年代，余龙根技校毕业，进了当时的上钢一厂型钢分厂。恰巧同班组里有一个40来岁的师傅叫张国强，张师傅曾在某街道的美术组里工作过三年，美工功底相当厚实。

张国强告诉他，麦秆画就是贴画，但不是简单的贴画。麦秆工艺浮雕立体画是我国早已失传的隋唐宫廷工艺品。20世纪80年代，中原画家发现了这一中华绝技，并根据有关资料潜心钻研、多方求教，以灵巧的双手利用麦秆的自然光、纹理和质感，大胆创新发明，并借助现代化的技术对这一传统工艺推陈出新，终于使古老的传统民间工艺重放异彩。

做麦秆画要经过选材分节、熏蒸漂白、劈秆刮平、粘贴麦片、绘图复样、雕刻熨烙、组装上框等十多道工序，在保持麦秆自然光泽和纹理的基础上，大胆吸收国画、版画、剪纸、烙画、贴画等诸多艺术表现手法，需要有扎实的多种艺术技能。受张国强影响，余龙根对麦秆画产生了兴趣。

一次，余龙根逛工艺品商店时发现一幅用麦秆拼接的“鱼跃龙门”，虽时日已久，仍熠熠生辉，顿时，他的心里升腾起艺术的灵感。激情之下，他把自己关在窄小斗室里，潜心琢磨，开始尝试创作花鸟虫鱼类的作品，把平贴改为浮雕，把无色改为有色，把国画中的工笔和写意有机结合，把西洋画中的透视和中国画的线描融为一体，把抽象变写实，终于，一幅幅花鸟虫鱼作品悄然问世。

上世纪90年代中期，余龙根通过朋友介绍认识了现在的爱人，余龙根向她介绍家庭状况和爱好时，特别提到自己酷爱麦秆画。她笑了，介绍人早已把这些情况都透露给她了。她对麦秆画亦有兴趣。三个月后，她陪着余龙根，到启东农村挑选上等的麦秆，背回几麻袋，作为制作麦秆画的材料。

1998年，女儿出生了，夫妻俩商量给女儿起一个怎样的名字，讨论半天，余龙根一锤定音：叫婷婷吧，像麦秆一样金黄，像麦秆一样亭亭玉立。

有一次，一家三口去购买衣服，途经福州路，大家一头扎进书店，淘了许许多多关于麦秆画的书，直到傍晚回家，才想起来该购买的是衣服，于是全家人一起哈哈大笑。

## 夫唱妇随搞创作

受丈夫的影响，妻子也十分喜欢麦秆画。她说，自己不会创作麦秆画，但可以帮助挑选、整理。妻子擅长电脑，常常为丈夫搜索相关的信息，在电脑里设计图案。用余龙根的话来说，妻子为他创作麦秆画注入了高科技的含量。

每年的小满前后，那是麦子收割的季节，余龙根和妻子便会登上长途汽车，到启东农村挑选上等的麦秆，每次都背回几麻袋。

妻子说，麦秆画的着色，是一件颇见功夫的活，余龙根摸索了多种着色方法，这二十年来，家里光是电烙铁就不知用坏多少了。

常常出现这样的景象，余龙根的家人一起剪麦秆、劈麦秆、贴麦秆。此时，妻子、女儿成了余龙根的“帮工”。

多少个万籁俱静的夜晚，余龙根在静静地剪着、贴着。在常人看似无用的麦秆，在他手中巧妙组合，变废为宝，成为独具特色的艺术作品。

《中共一大会址》

余龙根说："麦秆画表现出一种自然的美、典雅的美、民间的美、和谐的美。它把工笔与写意、浮雕与剪纸、简洁与繁复、飘逸与厚重、粗犷与精细、书法与绘画巧妙地融为一体，是民间艺术中很有前途的新型艺术。"

余龙根创作的麦秆画，人见人爱，他把我国传统文化的特色融入其中，尤以花鸟虫鱼见长，一些作品参加了由《解放日报》和上海大学美术学院主办的全国民间艺术博览会。

## 怀有一颗感恩的心

日积月累，余龙根的麦秆画制作技艺不断迈上新的台阶，得到过两次"星海"奖，一些媒体给他冠上了民间艺人的头衔。

对此，余龙根说，感谢宝钢，是宝钢为他搭建了宽阔的舞台；感谢当代实力派画家林复强先生和篆刻名家都元白先生，是他们教他学篆刻、学画炭精像，为他传授国画中的"山水花鸟"技巧。

从墨出五色到国画中工笔写意要诀，两位老师口传身授，使余龙根如沐春风，如鱼得水，画技突飞猛进。

余龙根是懂得感恩的。他曾特意创作一幅麦秆画《钢城雄姿》表达自己的感恩之情。要在这2米长，0.5米多宽的作品中表现宝钢的发展成就很不容易。余龙根苦思冥想了整整一个月，终于想到以宝钢四座高炉为主体的创作构想。为此他多次到实地观察，进行构思，又请著名画家吴署中先生对他的草图进行了修改定稿。画面中，雄伟的高炉，在草坪上悠然自得的梅花鹿以及梅、松、竹“岁寒三友”栩栩如生，呼之欲出。为制作这幅画，余龙根花了整整十个月的时间。

《万里长城迎奥运》是余龙根的倾心之作，在创作这幅画的过程中，余龙根得到了他的两位老师的指点和帮助。作品的题词、落款、印章，都是两位老师所赐，表明了两位老师对学生的关爱和期许，更给作品增添了点睛之笔。这幅画的材料，余龙根亲下江苏启东，选用当地特产的圆麦麦秆，作品采用中国画的布局，融入西方古典绘画的立体感，使整幅画构思巧妙，立意新颖，并融入了很多奥运和中国人文元素，给画作增加了相当浓厚的时代气息。

在这幅作品中，雄伟的万里长城被巧妙地处理成2008字样，点出了北京奥运会的举办时间；五十六只和平鸽振翅高飞，象征着五十六个民族齐为北京奥运加油喝彩。

此幅作品耗时一年半。一个三班作业的一线工人，要完成此画卷，是何等的艰辛。

余龙根平时很少抽烟喝酒，但偶有好友上门，围聚在他家18平方米的客厅里，评论着他制作的麦秆画，聊天南海北。在谈到麦秆画的时候，余龙根会点上一支烟，喝上一口酒，这时的他，是最惬意的。

我最享受的境界，是人、枪和飞碟的完美结合。

# 冠军原是乖乖女

## ——记女子飞碟双向比赛全国冠军黄思雪

文／秋　叶

2013年5月12日，阳光流畅，天高云淡，位于闵行金都路的上海市射击射箭运动中心内人头攒动，群情激动。只见手起枪响，碟片纷飞，2013年全国射击冠军赛暨全运会席位赛（飞碟项目）正在此间紧张有序地举行。

根据赛程安排，女子飞碟双向组于5月18日进行75靶的角逐。当日，来自全国各省市的运动员在上海初夏30℃的烈日高温下，依旧保持沉着稳健的打法，举枪、瞄准、射击一气呵成。比赛中，身着“CHN”字样服装的国家级射击运动健将、国家队选手、上海队运动员黄思雪和队员陆敏、陈炜炜分别以第六、第十二、第十五名的成绩获得第十二届全国运动会女子飞碟双向组的比赛席位，成为该项比赛的最大赢家。

## 少年当立志

出生于1991年10月8日的黄思雪，在金山蒙山中学读初中预备班时被选拔进金山区少体校，每天大运动量的体能训练，使小小年纪的她，疲累不堪。一天训练下来，浑身酸疼，别人躺在床上一动也不想动，可她却稍作休息，就马上拿起书本，开始复习。她说，一个运动员没有文化知识不行。

她的启蒙教练高山告诉记者，在他所带的运动员中，黄思雪是最爱文化学习和训练成绩提高最快的人之一。

高山是一名很有经验的教练。针对黄思雪具有平衡、注意力集中、协调、心理稳定和时间感觉等射击运动员所必备的素质，慧眼识珠，决定让黄思雪学习飞碟射击。

飞碟射击需要场地和相关的教练，而这些恰恰是金山区少体校所缺乏的。面对困难，高山没有却步。在金山区体育局和教育局的支持下，高山联系到了具备练习飞碟射击项目条件的奉贤区少体校，请他们协同训练，所需经费由金山区负责。

此后，每逢周六周日，同年龄的孩子此时都在享受快乐的休息时光，黄思雪却挤上了从金山开往奉贤的公交车，开始了漫长的飞碟射击之旅。不管风吹雨打、酷暑严寒，从不间断。

飞碟射击训练是一项很枯燥的事情，运动员举着枪在场地上练瞄准，往往一练就是半天。有的孩子吃不了苦，半途退场了，可黄思雪咬着牙坚持下来。飞碟射击用的是猎枪子弹，枪声大，后坐力大。一段时间训练下来，枪的后坐力将她的肩膀磨破了一层皮，然而黄思雪一声不吭继续训练。高山说，黄思雪白天要击发100多发子弹，晚上还得加练，但她从没有在教练面前叫过一声苦。正是这种坚韧不拔的毅力，使黄思雪在飞碟射击的训练中走得稳健迅疾。

苦练加上苦练，渐渐的，黄思雪在青少年飞碟比赛中脱颖而出，与此同时，她那种“稳打型”的技术特点也越来越明显。在2006年上海市青少年射击锦标赛甲组比赛中，黄思雪获得飞碟双向50靶第一名。

## 偶像是张山

黄思雪有一个愿景，要像队友、奥运冠军张山一样，在世界射坛上为国争光。

1992年7月28日，第25届奥运会的双向飞碟比赛在巴塞罗那举行，“川妹子”张山上演了一出精彩的现代“花木兰”剧目，这位“巾帼英雄”不仅打出了225靶223中的好成绩，而且还击败了众多须眉，成为首位在奥运会男女混合项目中击败男对手的女将。随后，奥运会的比赛规则作了修改，取消了男女选手混合比赛的规定，这让张山成为了这个项目中唯一的一位战胜男选手的女子运动员。

5年过后，1997年国际射联宣布恢复此项赛事，张山重出江湖，并于次年夺得开罗世界杯赛冠军，为中国射击队拿下2000年悉尼奥运会的第一张入场券。2012年张山获得第12届亚洲射击锦标赛女子飞碟双向团体金牌。2007年，由张山、魏宁和于秀敏组成的中国队在飞碟世锦赛女子双向飞碟团体比赛中夺冠，她们创造的214中的总成绩打破世界纪录。

张山是黄思雪的偶像。尤其在2012年1月，国家队在贵州兴义市巴结镇集训，征战将于3月鸣枪开赛的智利射击世界杯，黄思雪有幸与身兼教练和运动员的张山在同一个小组训练，更是从这位世界冠军身上学到了许许多多人生的真谛。

黄思雪说，这位世界冠军丝毫没有一点大腕的架子。在巴结集训时，每天的训练都安排得十分紧凑。每天早上，队员从6点30分开始，从半岛酒店跑步到巴结街上再返回，早餐后乘船到训练基地，8点20分开始训练。中午在训练基地吃午餐，并有短暂的休息。每一天，张山在坚持自己训练的同时，都会根据组内每个队员的情况因人制宜安排不同的训练，在张山的周密安排下，组内每个队员的子弹、训练方法都不一样。到下午16点30分左右，子弹打完，返回半岛酒店。回来后，张山又和大家一起进行打篮球、跑步、做操等体能训练。一天训练下来，很疲倦。而此时，张山总是像一个大姐姐般地关心她们这些小妹妹，为她们忙前忙后……

黄思雪最欣赏张山的那番话：我永远不会退役，我和飞碟是不可能分开的。我最享受的境界，是人、枪和飞碟的完美结合。我特别喜欢比赛，因为我觉得比赛就像过一个节日一样，我们要享受的是一种快乐。黄思雪说，这也是她的心声和追求。

## 条条大路通罗马

在蒙山中学求学期间，黄思雪在屡屡夺取飞碟比赛佳绩的同时，还是一个品学兼优的好学生。初中毕业时，父母希望她能放弃飞碟射击训练，凭借自身优异的学习成绩，进入一所市实验性示范性高中，然后考入重点大学，毕业后当一名教师。

她父亲说，黄思雪的祖父是一名小学校长，生前希冀黄思雪能继承他的衣钵，当一名教师为学生授业解惑，为共和国的腾飞潜心培养栋梁之材。她父亲强调，这也是他们全家人的意愿。

然而，性格倔强的黄思雪却有着自己的选择。她说，进重点高中乃至重点大学，是一种成功的标志，但是一个人的成功未必一定要走这华山一条路。符合自己意愿和实际情况的成材模式才是最合适、最好的。每个人的成功都有着其独特的成功因素。条条大路通罗马。只有符合个人实际情况而制定出的奋斗目标，才有成功的可能。

黄思雪说，对未来，我并不很在乎自己是否会成功，是否能像张山一样称雄奥运会。在乎的是，我竭尽全力拼搏了吗？在赛场上努力将状态发挥到自己潜能的极限了吗？毕竟在飞碟射击的金字塔上，攀顶并摘取胜利花环的只是极个别的。

不得不说，黄思雪的父母还是很开明的，在黄思雪下定决心要学飞碟射击的人生转折十字路口，他们接受了黄思雪的选择。

他们说，尊重孩子的选择，才是真正的爱护孩子。

于是，在人们的一片惋惜声中，黄思雪放弃了进市实验性示范性高中求学的机会，毅然选择了进市少体校继续练习飞碟射击。

## 爱拼才会赢

不负众望的黄思雪进市少体校不久，凭着一股爱拼才会赢的狠劲，在赛场上，敢于与世界冠军争高低试比肩，成为一匹黑马。不久，便入选上海飞碟射击一线队和国家队，先后夺得了上海市青少年射击锦标赛冠军、2009年全国射击团体赛个人第二名和2009年8月在斯洛文尼亚举行的飞碟世界锦标赛团体第四名等佳绩。

2011年9月25日，在广州飞碟训练中心举行的2011年全国射击总决赛（飞碟项目）比赛中，黄思雪凭借预赛71中（达到了国际运动健将标准）排名第一的成绩晋级决赛。

在决赛阶段，黄思雪与同是上海籍的队友宋薇竞争异常激烈，在总成绩打平的情况下，两人进入了单对单的决战，黄思雪最终以四号高台双靶全中的成绩战胜了队友宋薇夺冠，并取得了11月在福州举行的奥运队伍选拔赛资格。

在2012年8月德国慕尼黑举行的第50届射击世锦赛上，由黄思雪与其他队员组成的中国青年代表队获得女子飞碟双向团体第二名。

2013年4月23日，飞碟射击世界杯阿联酋站，女子飞碟双向的比赛，中国有三位选手参赛。资格赛黄思雪和张恒均打出72中，名列第四和第六，顺利晋级半决赛。

高山说，别看黄思雪年龄小，但本领不差。目前，黄思雪在国家队和教练、队员们相处融洽，在队内训练、考核时，经常与队友、那些世界冠军"打"得难分高下。

据悉，黄思雪在国内外大型比赛中最好的成绩是72靶（飞碟射击比赛每次打3组，一组25个靶碟。国际健将级运动员标准是：射中71靶），一般也能保持在70靶左右。

黄思雪告诉记者，与国内外射坛高手相比，自己还有许多差距，还需要刻苦训练，奋起直追……

## 冠军原是乖乖女

2013年5月25日，星期六。早在半个月前，黄思雪便与父母约好，利用休息天一起去看望她的启蒙老师高山。想不到队里为了备战第十二届全运会，临时决定双休日不放假，抓紧时间训练。黄思雪毫无怨言地接受安排，只是抽时间给父母以及高山老师打了一个问候的电话。她说，作为运动员，服从命令听指挥，这是第一要义。

与在赛场上飒爽英姿、干脆利落不同的是，生活中的黄思雪很乖、很文静、很爱干净。这种乖，在上海市体育局组织的运动员文明宿舍评比中，她所住的宿舍获得文明红旗可见一斑。

黄思雪在家里是一个乖乖女，每逢休假回家，总是待在家里帮父母做家务，炒菜、煮饭、打扫房间，忙得不亦乐乎。母亲心疼她，考虑到黄思雪除了休假日，整天都是东飞西走、脚不停步参加各类比赛和训练，非常辛苦，回到家里应该好好休整一下。于是劝她歇着点，家务活不要做了。黄思雪说，妈妈，我平时不在家，如今休假回来了，就让我好好地表现一番吧。

黄思雪在家里是老大，下面有一个长得非常漂亮、精灵古怪的小妹妹。对这个妹妹黄思雪疼爱得近乎于溺爱。每逢参加国内外比赛，黄思雪总会用自己菲薄的工资给妹妹买些当地的纪念品等小玩意。平时在家里，有什么好吃的，也总是先紧着妹妹吃。

而黄思雪那个小妹妹尽管心里对这个冠军姐姐很尊重，但是对姐姐的选择很不以为然。曾经有教练跟黄思雪的父母说，黄思雪很有射击的天赋，按照遗传学的规律，其妹妹也应该具有这种天赋，就像射击名将魏宁和魏萌姐妹俩。教练建议，能否让其妹妹也参加射击训练。想不到黄思雪的妹妹一听，立马反对，我才不要学射击，又苦又累，我将来的志向是做一名电视台的节目主持人。

黄思雪听了不恼反喜地说，妹妹，你将来最好做个体育节目的主持人，如果有一天能有你来直播我参加的飞碟比赛，那该是多么完美。

黄思雪很节俭，每逢发工资或者有奖金收入，除了留下必要的伙食费等之外，她总是全额上缴给父母。在她的心中，孝敬父母是每一个儿女的天职。

『海派青瓷』申遗成功，成为黄浦区非物质文化遗产新成员。作为黄浦区主推的旅游纪念品，『海派青瓷』曾代表上海，参加过国内外各大旅游交易会，以其艺术性、文化性、独特性广受国内外瓷器爱好者的追捧，并在国内外高层次的展览中屡屡获奖。

# 轻旋薄冰盛绿云

## ——谢德敏和他的海派青瓷

文/原　群

在位于黄陂南路的上海逸清轩青瓷艺术馆见到谢德敏时，他面带微笑，温文尔雅，自我介绍后，他非常客气。随后，我们边饮茶边聊瓷，甚是投缘。

谢德敏介绍，青瓷是表面施有青色釉的瓷器，以瓷质细腻、线条明快流畅、造型端庄浑朴、色泽纯洁斑斓而著称于世。龙泉青瓷始于南朝、兴于宋朝、盛于南宋、衰于明朝到当代。

在谢德敏看来，历史上的青瓷在造型上，都局限于传统仿制的范畴内，以同心圆的造型为主；在材料的运用上，也基本上以当地现成的泥料为主，少有突破。海派青瓷的突起，打破了上述局限。不仅将青瓷从外观设计到原材料予以更新，而且通过提高传统工艺，使其更具有人性化、现代感。此外，海派青瓷融合上海海派文化元素，通过抽象的造型来体现作品的主题，借用现代的雕塑工艺，赋予传统青瓷更多的文化内涵。

## 沪上辰窑增瓷辉

出生于上世纪60年代的谢德敏，从小酷爱传统文化，一个偶然的机会使他爱上了青瓷。

他说，那时他家附近有一家古玩店，店主是他的邻居兼好友。有事没事时，谢德敏总会到那家古玩店去兜兜逛逛看看玩玩。耳濡目染，久而久之，原本就从事中国茶文化方面研究的谢德敏，渐渐喜欢上了青瓷。

谢德敏给出喜欢青瓷的理由是：一、他爱喝茶，青瓷与茶有缘；

二、青瓷不贵，适合他这种工薪阶层收藏；三、他喜欢源远流长、博大精深的青瓷文化。

慢慢地，爱上青瓷的谢德敏发现：历史上的中国各大青瓷窑系，基本上都以传统工艺和仿制先人的器型为主，存在着传承有余创新不足的缺陷。许多青瓷艺人由于受到地域文化、思想观念的限制以及交流和文化程度的不足，在青瓷工艺等方面的创新上，心有余而力不足。

而当今世界，欧洲各国和亚洲日韩等国，利用本国的科技含量，对中国的传统瓷器，通过不断改良有了很大的发展。这对瓷器原创国中国而言，不啻是很大的冲击和反讽。

原本就从事美术设计的谢德敏，再加上多年来从事陶瓷艺术品收藏与研究的经历，不由萌发了创办逸清轩青瓷艺术馆，在馆内开设辰窑，打造海派青瓷，通过抽象的造型、运用传统的釉色，含蓄表达现代审美意识的念头。

谢德敏的愿景是，海派青瓷在传承传统青瓷文化的基础上，广泛吸取中国各大窑系精髓，通过不断创新，融入现代理念、引进国外时尚元素。同时，结合上海地域文化，让创意更完美，从而再创中国瓷器辉煌。

上海是一座海纳百川的城市，是一个设计之都。她是历史文化的畅行者，现代文化的聚集地。辰窑把外来的传统文化与本土文化有机糅和，旨在体现海派青瓷那种自然、质朴、静谧、悠远、时尚的意境，以造型独特、主题鲜明、釉色自然，从而焕发出高雅清纯的青瓷艺术魅力。

在谈到辰窑海派青瓷与传统龙泉青瓷之间有什么区别时，谢德敏说，海派青瓷在造型设计上，一改传统窑系以仿制历史上的器型为主的局面，通过运用现代的雕塑工艺和抽象艺术，创意主题鲜明，设计的作品具有时代气息更强和海派元素更浓的特点；在原材料采用上，突破了以往各青瓷窑系用料以本地泥料为主的现象，而是将来自于各地的原料通过多次配方形成符合上海当地加工制作条件的新材料；在釉料上，通过改变一次配方，将烧制温度降低，提高了瓷器烧制过程中的成品率；在烧制工艺上，运用最新科技元素，在更新传统加工器具和窑炉设备的基础上，通过Pro/E软件工艺进行电脑设计开模，使设计创作的作品达到了以前手工制品难以达到的理想状态。

近年来，谢德敏设计创作了很多富有鲜明特色的现代海派青瓷，许多作品被用作官方礼品赠送给国外贵宾和用作相关的纪念性的活动。特别是谢德敏设计的很多具有鲜明个性的造型以及与龙泉工艺美术大师合作的海派青瓷作品，成为当今年轻一代收藏的热点。

## 夺得千峰翠色来

纵观谢德敏创作的海派青瓷作品，釉层柔和，淡雅和谐，匀润如玉，灵动清澈。器型准确，深得釉料配方之精髓。小器造型简洁、做工精细、线条明快流畅、瓷质细腻、色泽纯洁。大器造型端庄、瓷釉层丰韵、釉色青碧、光泽柔和、晶莹滋润，胜似翡翠碧玉。

有人说，赏他的作品，如赏画、观舞、听琴，美在视觉，韵在心间，幽静、温馨。

其中，他与中国工艺美术大师夏侯文先生共同创作的海派青瓷《尚瓶》，尤为值得一提。

据说，《尚瓶》是专门为淮海路诞生110周年庆设计制作。作品将淮海路的时尚、典雅融入设计理念，突破了传统青瓷的造型，器形犹如美丽少女，婉约、纤细、楚楚动人。作品的梅子青釉色，宛如一泓清泉，清澈透亮，滋润如美玉。完美展现了当代抽象艺术，具有强烈的现代感，也散发着传统青瓷特有的含蓄之美，表现出淮海路的高雅魅力和浪漫品位。

在扬州国际艺术博览会上，《尚瓶》力拔头筹，获得“创新产品设计大奖赛”金奖。

谢德敏的另一件代表作，实用型海派青瓷《鱼跃龙门杯》，是为黄浦、卢湾“撤二建一”而精心设计的，带有明显区域文化内涵。

《鱼跃龙门杯》巧妙地把传统青瓷文化和时尚的海派文化融合在

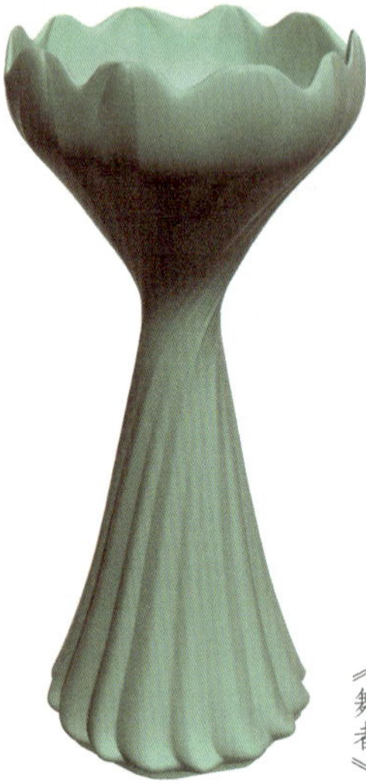

《舞者》

一起，由两种不同釉色的杯子和托盆组合而成。

谢德敏将此套作品采用龙泉的高白泥与历史上最具代表性的粉青釉和梅子青釉进行烧制，运用传统青瓷的刻花技艺装饰，胎体细腻通透，做工精致，釉色腴润淡雅，贴近灯光照射时，晶莹剔透。

杯口用海派石库门门头上的巴洛克卷草纹装饰，托盘造型选用黄浦区区域地图形状，恰似一条鲤鱼，对称镶嵌着的白玉兰花纹栩栩如生，杯子的把手用汉龙纹饰装饰。

古代传说，黄河鲤鱼跃过龙门就会变化成龙。人们喜欢用鱼跃龙门，来寓意吉庆有余、事业有成和梦想的实现。石库门建筑和外滩万国建筑都是黄浦区海派文化的象征之一，汉龙在中国有着深厚的文化底蕴。将这些元素融合在一起，既有鱼跃龙门的含义，又寓意着新黄浦区发展奋发向上，繁荣富强。

整件作品，粉青釉色温润似玉、冰清玉洁；梅子青釉色莹澈剔透、千峰翠色，这种在窑炉高温中形成的与大自然浑然一体的釉色，恰似大雨初晴、云开雾散后湛蓝澄澈的天空，富有天然韵致，展现出一种低调的华丽，散发着青瓷特有的含蓄之美。既流露着海派青瓷艺术的淳朴，又透溢出人文历史的内涵，更体现出鱼跃龙门、奋发图强的魅力。

## 青瓷雪花飘沫香

日前，“海派青瓷”申遗成功，成为黄浦区非物质文化遗产新成员。作为黄浦著名旅游纪念品，“海派青瓷”曾代表黄浦、代表上海，参加过国内外各大旅游交易会，斩获荣誉。同时，作为黄浦区主推的旅游纪念品，“海派青瓷”以其艺术性、文化性、独特性广受游客青睐，并在国内外高层次的展览中屡屡获奖，其独特的艺术造型也深受国内外瓷器爱好者的追捧。

谢德敏坦陈，本次申遗成功，有赖于“海派青瓷”将3D打印技术融入制瓷工艺，“同样的东西在别的地方是找不到的”。

以往瓷器模具的精良程度限制于工匠的“手艺”，每个工匠能制作的模具都不同。过去青瓷外形单一，在很大程度上，受限于制模技术。而与3D打印机结合后，“想到什么造型，只要通过电脑，我就能做出来”。这一技术对于谢德敏来说，具有划时代的意义。注入高科技的灵魂之后，配以更现代的外形，“海派青瓷”给传统的青瓷艺术注入了新的活力。

逸清轩是目前上海最大的青瓷专业展示馆，多年来一直秉承在传承的基础上不断创新来打造传统青瓷的理念，馆内设有许多中国工艺美术大师的工作室，先后引进了多位国家级的“非遗”传承人和工艺美术大师及中国名青瓷窑系的代表人物，如徐朝兴、孟树峰、夏侯文、董炳华等大师。

在辰窑工作室内，还经常会有书画家预约上门在瓷坯上作画，经辰窑烧制后都能惟妙惟肖地体现现代艺术瓷器的效果，其中不乏巨作。这些工艺美术大师和书画家的入驻，不仅给古老的陶瓷带来了蓬勃生机，而且也为传统青瓷注入了新的元素。更可喜的是，他们创作的作品，往往一问世，便被追随者收藏。

近年来，谢德敏设计制作的世博会礼品“海宝”、与漫画家合作的“非礼勿视，非礼勿听，非礼勿言”系列作品，在传统工艺基础上提炼烧制的“夜光杯”等作品，在各种艺术展会上屡屡获奖。

《非礼勿视，非礼勿听，非礼勿言》

与此同时，谢德敏不忘建立“辰窑”品牌，打造海派青瓷。多年来谢德敏领衔的团队通过努力，在不断取得众多成绩的同时，也得到了市、区两级政府和相关部门的大力支持和政策扶持。谢德敏设立的辰窑及陶瓷工作室是目前上海市核心城区内唯一的专业窑炉。

谢德敏说，今后我们还将与国外知名品牌合作，争取更上一个台阶，相信沪上辰窑海派青瓷会有更好的发展未来。

谢德敏很低调，从不以大师自居。虽然他在海派青瓷的釉料配方、色泽、工艺、造型等方面，都有很深的研究。但他从不妄谈创新。他豁达开朗，待人诚恳，以瓷会友，广交朋友。

在与他交谈的过程中，不断有海派青瓷爱好者登门拜访。对这些来者，不管是阳春白雪还是下里巴人，谢德敏一律以礼相待。

在中国艺术市场蓬勃发展的今天，在世界艺术市场的大舞台上，他不仅给我们带来艺术的震撼，更以国宝回归的方式，将中国的艺术品们带回了“家”

# 慧眼识器 让海外珍宝“回家”

## ——记天物馆馆长钱伟鹏的那些事

文 / 石晓寅

走进位于浦东淳大万丽酒店五楼的“天物馆”，第一时间便被震慑住，玻璃橱窗里件件瓷器，在灯光的照射下反射出异样华美的色泽，仿佛穿越了千年的时间，将帝王尊贵的气息传递至此。

除却琳琅满目的展品，馆内装饰同样古典高雅，别具一格。很少有人能想到，这样一个民间藏馆内，收藏着众多在国际收藏界中堪称一流的官窑瓷器。而更难得的是，这些官窑瓷器全部来自于海外民间。

就是在这里，我们幸会并采访了当代著名的瓷器鉴定及收藏家、上海天物馆文化艺术投资管理有限公司董事兼馆长钱伟鹏先生，听他为我们讲述三十多年从事文物鉴定工作的独特经历，以及在海外专职从事中国文物回收工作的那些鲜为人知的传奇故事。

## 在扬州工地捡到改写陶瓷史之“唐青花”

上世纪80年代初，文物经营人才严重匮乏。钱伟鹏因为年轻好学，遂被单位派往扬州瓷器培训班学习，由此踏上了瓷器鉴定之路。在成长的道路上，他先后得到冯先铭、耿宝昌、叶喆民、汪庆正、张浦生、黄云鹏等国内顶级大师的传授和培养，鉴定水平迅速提高，1988年荣获江苏省文化厅古陶瓷鉴定第一名。

扬州自隋唐以来，就是世界商品的集散地，其地处古运河交汇点，南北名瓷均于此汇集、出售或外销。经过各朝各代的兵荒马乱与兴兴灭灭，扬州城建了又毁、毁了又建，使得其成为了天然的瓷器宝库，随便踢一脚地上的砖头，就可能是秦砖汉瓦。古城的地下更是蕴含了丰富的瓷器碎片，而对这些瓷片遗存的发掘工作就为钱伟鹏的学术研究奠定了坚实的基础。

当时正处于扬州古城改造建设初期，土建还是人工发掘，采用敲挖方式，对地底下物品的破坏力不大。于是他每天下班后都会到工地去捡瓷片，多年的坚持以至于鞋都跑坏了几十双。彼时的扬州，除了培训班的人，对于瓷器了解的人很少，对于他们研究瓷器的人了解得更少。

据钱伟鹏说，当时在扬州，他捡的瓷片累加起来有几十万片之多。那时候总是在一个又一个土堆上一站站一天，钱妈妈常发现，儿子早上站在一个地方，到了晚上，他还站在那里沉思，心疼不过的她经常对钱伟鹏说，“傻孩子，你捡几个样子就可以了，怎么统统都要呢！”而钱则微笑不语。其实哪有什么相同的瓷片，日积月累的碎瓷片积累，帮助他确定了扬州地层，也通过这样的实践，验证了许多老师课堂上的内容。

钱伟鹏记得有一次在古运河边和同学捡瓷片，两个人卷起了裤脚管正找得兴起，全不管衣服裤腿都是泥巴，这时旁边经过一个妇女，扯着嗓子对他们喊，“唉，拾荒的，这里有只鸡刚死，还热乎着，捡回去烧了吃吧！”两个人傻乎乎地东张西望，全然不知道自己已经是别人眼里捡垃圾的了呢。

功夫不负有心人，1983年10月8日，他在工地上捡到了一片唐代青花玉璧底大碗残片，当时的他激动万分，大喊了一声“唐青花！”不想却被工地头子一把抢了过去，钱伟鹏心里一惊。“什么青蛙！不过是个破碗。”工头不屑地撇了撇嘴。钱伟鹏这才放下心来，原来人家把“青花”听成了“青蛙”。他笑着把被工头扔在地上的宝贝拾起来，迅速赶回了培训班。同学们都异常激动，围着大碗残片直打转。后来，这一件唐代青花大碗残片在国际上引起了莫大的轰动，甚至引发了各国瓷器研究专家争先恐后赶来扬州考察访问的狂潮。只因为，这件青花瓷的发现，为断定唐代始烧青花瓷器提供了确凿证据，改写了我国的陶瓷发展史。

明永乐松竹梅岁寒三友青花盘　　唐英制白釉荷叶形粉彩笔舔两件

## 在英国古玩店火眼金睛淘到“嘉靖瓷碗”

1984年，钱先生出任扬州文物商店副经理，短短几年间便以出众的专业眼光和经营才能极大地提升了该店的知名度，当时的扬州文物商店更成为全国最大的瓷器艺术品交易中心之一。在商言商，成绩好、营业额高，本应该高兴才对，可钱先生的心却越来越沉重。看着一件件珍贵的文物流向国外，或将从此杳无音讯。

1991年春天，他随国家文物局考察欧洲文物市场。

当时我国仍处于困难时期，外汇极度紧张，出口文物是国家赚取外汇的重要手段，故而我国文物自鸦片战争以来长期处于单边输出的状态无法改变，文物流失严重。同时因为信息的不对称以至于文物的定价权完全被外方所垄断，我们对国际艺术品市场行情一无所知，当时伦敦有位华侨甚至以两万英镑从上海外贸公司购买到整整五个集装箱的文物。而这些都深深刺激着钱伟鹏。

1972年尼克松总统访华后，我国与世界主要发达国家的联系逐步加强，关系得到改善，中国的经济与文化受到了世界的空前关注，有识之士已经意识到文物是不可再生资源必须予以保护。随着我国改革开放政策的逐步落实，国家经济实力有了长足的进步。党和国家领导人适时提出文物工作应该改变思路，文物应该双向流通的方针。1993年，钱伟鹏先生因着业务突出，被国家文物局选派到英国任驻外文物专家，其主要任务，一方面是把文物的价格及时报告国内，指导文物商店定价；另一方面，则是要买回国内缺失的孤品。

国宝重归故乡的同时，他也就此登上了国际艺术品交易的崭新舞台。

1991年，钱伟鹏抵达英国后，如痴如醉地流连在大英、大维德等博物馆，“我深深地感到学无止境，决定把文物征集点放在英国伦敦。”而他的第一次“出手”——真正从海外买回文物，也是在那一年。那次他们一行人去了英国最著名的号称全球最大的古玩市场觅宝，东逛西逛间，走在最后面的钱伟鹏猛然被藏于一隅的一只小碗吸引了眼球，经过不动声色的打量，他初断这只貌不惊人的瓷碗产于明代嘉靖时期，可是件宝物。摊子主人要价150英磅，在当时相当于2500元人民币，钱伟鹏果断拿下。后来到了巴黎，有识货的古董商开价6万法郎！国家文物局的领导说，这不能卖，要作为一个例子，供国家研究。后来这只碗被钱伟鹏作为一件得意之作带回了祖国。自这一年始，钱伟鹏凭借一双慧眼，频频从英国为国家收回一批批珍宝级文物。

## 在古董商手中追回故宫遗珍元代“珐琅彩”

1982年，钱伟鹏在扬州曾经捡到过一片元代的珐琅彩碎瓷，然而因为这一片不是完整器，无法推翻通认的珐琅彩自康熙时期才开始有的论断。不想十年后，钱伟鹏来到香港，有一个古董商找上了门来。

此人听说钱的眼光“毒辣”，给他带来了一套东西，那是七个大小造型不一的瓷器，包括瓶、盘、杯、碗、香炉等，钱伟鹏看了，眼前一亮，十年前的碎瓷历历在目，这正是元代珐琅彩啊！竟然让他遇见整器了！他按捺住自己的激动，仔仔细细再度打量了一番。接着，他一边和古董商打好招呼，拜托其一定为他保留这套瓷器，一边立刻拍摄相片，当天就动身飞回伦敦总公司报告此事。

钱伟鹏带回的照片在伦敦公司内引起了极大的争议，大家分成了两派：一派坚持珐琅彩产于康熙时期，元代出现珐琅彩不靠谱，很有可能是假的；另一派则相信钱伟鹏的眼光，认为这可能是一次改写陶瓷史的机会。机会稍纵即逝，最后大家商议决定将照片寄到国家鉴定委员会，请国家文物局组织专家论证。

当时的挂号信，整整用了7天才到北京，自照片寄出后便开始眼巴巴等待的钱伟鹏，于第7天下午4点，接到了耿宝昌老师打来的电话，耿老师的声音很激动："小钱，这批东西太重要了，它们是从故宫博物院跑掉的，你们一定要想办法追回来！"

得到这个振奋人心的消息后，钱伟鹏飞回北京，然后随国家文物局的领导及专家再马不停蹄地飞去了香港。再一次看了实物，此时对方提出要100万英镑。当年，国家文物局还没什么钱，但这东西太重要了。经过双方一番讨价还价，这个古董商松口可以将英镑换成美元，但要抽拿掉一件他喜爱的，毕竟，得到了专家们的认可，单一件也是价值连城。又是一番软磨硬泡，最后，这一套元代珐琅彩以80万美元价格成交。

在去转账的路上，古董商悄悄和钱伟鹏低语："钱兄，这套东西要不是你帮我确认真伪，我自己也不一定了解它的价值，这样，我给你10%的佣金，以表谢意。"钱伟鹏当即答应了，而后将这8万美元贴补到了付款费用中，为国家又节省了一笔钱。

这些东西现存放于上海博物馆，是全世界最重要的瓷器之一。

## 在香港收回青铜重器"子仲姜"盘

谈起上海博物馆，钱伟鹏提到了它的一件镇馆之宝——西周时期的"子仲姜"盘。这个全世界唯一的一件青铜器背后，又是一段有趣的故事。

1994年，有人找到钱伟鹏，给他看了一张照片，上面是一件非常特殊的青铜器，造型极其奇特。钱伟鹏现在回忆起来，依然一副震撼的模样："当时我真的如遭电击，从来没有见过那么好的青铜器啊！”他立刻通知了伦敦公司，随即和几位同事飞赴香港，约好了当晚相看。

在得知即将与之约见的对方有黑道背景后，为了安全起见，钱一行人在踏入对方地盘时，邀请了一位当地较有名望的先生同行。双方约见的地方是一间地下餐厅，待大家坐定后，对方搬出了这件青铜器。那是一个大盘，中间是雄性带冠的鸟，可360度旋转，四边是四只青蛙四条鱼。令人最为称奇的是，雄鸟一转，青蛙和鱼都会跟着旋转，整个盘以熊为脚，以虎为饰，极尽华丽之能事。

清雍正青花釉里红梅鹊报喜图梅瓶

这么一件宝贝，自然是不能令它溜走。钱一行人当即表示肯定会买下它。对方立刻接话，好，那你们现在付钱吧！钱伟鹏委婉表示，他们只是代理人，还需回去打报告办手续。不想，对方霸道称，我们这里的规矩，你们摸过了，就得立刻买！不买别想走！一时间，厅内的空气顿显紧张。正在钱伟鹏与同事们焦虑万分的时刻，一直没有言语的那位陪同来的先生，突然拍桌而起，大声说了一句“暗语”，神奇的，对方的态度变好了，口气也软了下来，他们表示，这件青铜器也是花了一百万美元买来的，不能血本无归啊。钱伟鹏他们自然表示，待商量后，一定会给对方一个满意的答复。

之后，通过层层关系，钱伟鹏他们见到了这件青铜器真正的拥有者，原来昨日见到的只是他的手下。而那位“主人”又提出了新的要求，他表示，文物的确应该回归故土，他亦有一颗爱国之心，愿意将其捐赠给祖国。不过，他希望能有领导为他颁奖。这个要求出乎了钱伟鹏一行的意料，但也非他们能够决定的。

而后又是一段漫长的协调对接，待这件文物回归，已经是2年以后了。然而，一切的辛苦都是值得的，这件“子仲姜”盘现已成为上海博物馆的镇馆之宝。

## 在拍卖会上捡漏存世孤品“大吉瓶”

在钱伟鹏无数次地成功收购海外遗珍的历程中，“清乾隆黄地珐琅彩子孙万代大吉瓶”的收藏经历尤为经典。

2005年，香港苏富比秋拍前夕，钱伟鹏在翻阅拍卖图册的时候，一件并非图册中的主打拍品吸引了他的眼球——一个高31.7厘米的葫芦瓶。当时，苏富比在图册中给这个葫芦瓶的定位是清乾隆黄地粉彩瓶。钱伟鹏一看就认定该瓶并非粉彩，而是官窑中的官窑——珐琅彩，因为靠玻璃白打底的粉彩与珐琅彩完全是两回事情。他回忆以前就曾在纽约苏富比看到过类似的珐琅彩器物，成交价为1.26亿。此时的钱伟鹏知道他的机会来了，为了不引起旁人的注意，他让朋友出面，不动声色地以落槌价270万人民币（加佣金为320万）将这件苏富比误认为粉彩的清乾隆黄地珐琅彩子孙万代大吉瓶买回了家。

他当时对此瓶的推断从两个方面出发：其一，从色彩和工艺上推断该瓶乃珐琅彩而非粉彩；第二，该瓶底款被磨，只隐见双栏圈绘痕。底款为何会被磨掉呢？民国时期，古董商人常将雍正青花器物底款磨去充当永宣之物，牟取暴利。而珐琅彩是康熙年间的新品种，康熙、雍正、乾隆年代相近器物差价不大，拥有者如果磨去款字也只能使其跌价而并无升值意义，因此，该瓶拥有者绝不可能为卖高价而去磨款。那么把珐琅彩的款磨掉只剩两种可能：第一，就是1860年英法联军占领圆明园后，大批宫中宝物散失到民间。慈禧返京后清廷曾下诏：“凡吾官民如见宫中之物者一律送还宫中，如有隐藏者重罪治之。”宫廷要将流出宫的宝物收回，如果发现不交的就杀头，在生与死的选择下，该瓶拥有者就想出了这个两全其美的方案，将底款磨去，如有人举报，也因无帝王年号款字，落一个不知者不罪的理由。

第二，是中国文革破四旧时期，也有磨掉底款的可能。然而，此瓶曾于1956年在美国被拍卖过，是驻美国的以色列大使所收藏，可知此瓶未经文革浩劫。因此，该瓶的款被磨必定是由于圆明园事件所致。

该瓶曾在2003年美国纽约多尔拍卖行低价卖出，2005年秋季香港苏富比再次拍出，而且上述两次拍卖此瓶时都误定为乾隆粉彩瓶。随后在《清宫内务府造办处档案》找到相关烧造记录，加上景德镇当代著名文物鉴定及工艺大师黄云鹏教授在工艺上的判断与文献记载完全吻合。因此，此瓶确为一件极为难得的乾隆大件珐琅彩，检阅海内外公私收藏，并无同类尺寸和器型的珐琅器，弥补了乾隆大件珐琅彩的空白，实属旷世珍品。

他被誉为中国现代玻璃之父，他成功实践了文化创意产业化的梦想，凭借着创意与工艺，他或许能再度振兴我们民族工艺的风华。

# 八方新气：做时代“官窑”当代经典

## ——“八方新气”创办人王侠军访谈录

文/李　元

希望能重整中国瓷器过去辉煌的文化高度和工艺骄傲，以实现自己多年来梦寐以求的创作理想。

——王侠军

**问：王老师，您原来是做玻璃文化产业的，并卓有成效。在您50岁后，为什么又跨界“跳槽”开始做白瓷？**

答：瓷器是老祖宗留下来伟大的民族工艺。过去好瓷器只停留在华丽、古典、优雅，一种简单的审美标准。其美感从现代的角度来看，缺少了与时俱进的时代进化。举个例子，过去我们觉得好歌就如邓丽君的歌，旋律规矩委婉甜美，歌词字正腔圆。而现代我们更能欣赏个性的、节奏的、创新的。时代变了，审美的观念也随之改变了。瓷器也一样，需要有一种时代的新风貌。

瓷器是中国文化非常重要的一部分，是我们文化里引以为傲的工艺。瓷器艺术以其独特的文化魅力和审美特色，得到世界广泛的钟爱。然而，时至晚清，随着国运的衰落，陶瓷艺术的创新意识也日渐式微，仿古、复古缺少创新的力度，使中国的陶瓷艺术渐渐失去了魅力的光彩。

在17世纪前欧美研究中国白瓷，不知道白瓷是如何烧制，曾派传教士至景德镇想一窥究竟，不得要领，当时其称为“东方白”“珍珠白”，甚至称为“白金”，比黄金还要珍贵。这是中国白瓷的骄傲。为永续这工艺的骄傲，在玻璃创作有一定的传承后，瓷器的革新便成为我迫不及待的想望了。

在充满诸多纷扰难题和困难技术的茫茫大海中，在长期不重视创意、工艺突破的传统瓷器中，“八方新气”开始了新的瓷航。

——王侠军

**问：在现实中，当代中国的瓷器业面临着怎样的一种景况？您的创业大梦又面临着怎样的挑战？**

答：在诸多式微没落的传统产业中，立刻让人想到的就是我们具有悠久的历史传统且工艺精湛叫china的瓷器。

曾几何时，西欧甚至日本瓷器品牌的强盛崛起，其产品的精良已经像一堵难以突围的城墙，让你似乎只能在墙内做困兽之斗，只能在价格竞争的红海市场内挣扎或消沉。

传统的陨落，不免令人唏嘘，而沉沦至如此不堪，非一朝一夕或三言两语所能尽述。但自觉及创意的不足或许可以简单地总结此一结果。而我们必须寻求区隔化的可能空间和价值所在的新大陆。于是，在充满诸多纷扰难题和困难技术的茫茫大海中，在长期不重视创意、工艺突破的传统瓷器中，“八方新气”开始了新的瓷航。

然而，面对欧美、日本百年瓷器品牌于市场上拥有通路、商品和知名度的绝对优势，如此现实的确教人裹足不前，我希望能就文化意象、造型风格和质感肌理上寻找区隔，以取得和百年老字号平起平坐、公平地一较长短的机会，于是在2003年成立了现代时尚、新瓷品牌“八方新气”，投入五年的研发时间，克服瓷土高温瓷化过程所产生高达15%收缩比率和软化扭曲变形的物理特性，而走出了千百年来瓷器一成不变浑圆封闭腔体的造型束缚，和解除新品牌不易进入一流通路的僵局，这惊天动地的改变，也改变了好瓷器仅止于古典、华丽、优雅的唯一标准，而有了时代的自信，时尚的意象，文化的精神等现代美感生活体验经济所必要的器物内涵。

期许以最成熟最原始的瓷器工艺来实践我心中简约雅致庄重的场景，于是我再次做起门外汉的天真梦想，闯入半生不熟的禁地。

——王侠军

**问：您从事白瓷文化产业经过哪几个创业、发展阶段？**

答：最初，做白瓷是想让人代工。开始时，一厢情愿天真地想以代工的生产模式来实现“八方新气”文化定位的构想。为此，从亚洲到欧洲，寻访了一百多家工厂，好不容易找到一家愿意一试的，但进行到一半时又打退堂鼓了，对你说难度太大做不下去了。大约是二十多年前，我到过日本寻求合作的厂家，他们也都说不行，这些设计太天马行空，瓷器是不能有线，不能有面，不能悬空，我设计的图纸没有一个是可以精准地过东南亚、欧洲，走遍了全世界上百家企业，都说不行。“没办法，为了喝牛奶，只能自己养牛”。由于不懂，自己干。过程中不仅吃尽了苦头，而且体会了所谓“烧钱”而被人反讽。

二十多年前，相同的设计图稿也曾尝试在台湾找代工厂，却惨遭一些陶瓷工厂的冷遇。几年后，又重新尝试美梦工程的打造，结果烧出的东西却是和设计的“相差十万八千里”。面对千年不变的瓷器“真理”，难道这就是一个梦想者天马行空、遥不可及的痴心妄想？

然而，经过八年多来日以继夜的研发，从十几吨瓷土中挑选出来的“白”，有些大型作品模具重达数百公斤，有些作品如果有幸于摄氏1300度没有龟裂，只是变形，那还得再进出窑炉多达五六次予以校正,才能掌握其基本器型的精确意象……过程中时而振奋雀跃，更多的却是挫折沮丧，经过八年的艰苦创作，终于如余光中老师所说“历劫成器”了，八方新气的“奢白梦想” 逐渐成形。

简单地说，我创作有两大区块：静的，这是陈设观赏的，如博物馆、美术馆里的陈列品，是创新的、殿堂的，有文化传承意义的当代艺术品；另一个是动的，这是结合生活美学使用的日用瓷，在现在重视生活体验的概念下，我期许这些超越功能、美丽的创意，在带出人们使用时五官活络愉悦之余，也能启动人们对生活的热爱。

《帝国记忆》

《奉天承运》

白，释放了自由的广阔意象，了无牵挂，那是太极初始的纯真，提供酝酿一切可能的契机，它吸纳所有，它是主角；

白，揭开了真实的勇敢诚意，包容一切，这是时尚自信的清朗，呈现正直一目了然的雍容，它反映一切，它是配角。

——王侠军

**问：瓷器作为中国文化的一种象征，有过令世人惊叹的辉煌。且不说那些彩瓷名窑，就是我们熟悉的单色釉如龙泉青瓷、定窑白瓷、汝窑青瓷、永乐甜白瓷等都曾经作为宫廷用瓷，创作出举世闻名的稀世珍品，有过辉煌的历史。请问：您的再次创业为什么选择纯净、内敛的白瓷？**

答：文化是需要承前启后的，但它需要自强不息的行动力。从中国八千年的形制历史来看，每个朝代有每个朝代的风格。我们现在该是什么样的风格？这是我们应交的功课。把现代人的生活体验诠释在瓷器上面，而不仅仅是在旧的器形表面上作些改变。要把现代简约利落文化自在的意象，从骨子里深根蒂固做改变去谱写。

老子曰：“大白若辱”；庄子曰：“虚室生白”。前者是谦冲开阔的生命态度，后者是积极包容的生活参与，白在文化上是有其深刻的论述和象征的。再则白瓷是中华瓷器曾经的骄傲，八方新气期许能永续这一文化的高度。另外，白色的瓷器在工艺难度上来说是最高的，只要有一点杂质或一小黑点，在白色瓷器上就显得特别明显，而我们不用彩绘去遮盖它，只要有一点点不完美就将其列为瑕疵品，所谓官窑的浪漫，就是指这股追求极致完美的激情，除此以外现在白是种时尚的自信色泽，我更希望以开朗光影明暗来掌握时代自得的身影，而不以笔画舒展人文的才情。

最吊诡的是，唯一形式上不与日俱增的材质，也只有瓷器这一块“死角”。面对数百年来一成不变的瓷器风景，在我们眼里，这种落后和欠缺对市场来说是一个机会，对创作者来说是一道题目，对产业而言则是一种挑战。所以对瓷器的创新改造，让我看到了可以切入的空间和机会，借以构建自己的优势，去打造一个东方时尚的瓷器品牌。

就“八方新气”而言，面对中国八千年器皿形制的沿革历史，我们希望能谱写清朝后的新页。从我们开始吧！它是瓷器千年来骨子里的革新，而不仅仅是表面彩绘的图案变化。

当下流行的是低调奢华，是以内敛的外表和气度来对应资讯纷繁多样、视觉闪烁多彩纷扰的现实现象。白瓷搭配低调奢华的风格能彰显个人的脱俗与出众，进而沉淀出一份端庄的自我，并以其冷静淡雅的形式和质感，细腻周延的思路和工艺，稳住了现代多彩多姿失序跃动的欲望，以其丰厚的内容、精准温润的做工技艺，满足个人期盼宁静心安的渴望。

宋朝的瓷器是低调的，它呈现的是含蓄朴素、洗炼空灵的自在；明朝的瓷器是雍容的，它呈现的是端庄雅致、精准昂然的华美。“八方新气”秉承传统的庄严风采和时代的利落神情，并以内敛而精湛的工艺，纯然真情的奢白，展现出瓷器前所未有的雅致奢华。让宋瓷多一份时尚的活泼，让明瓷多一份华丽的激情，使“八方新气”的白瓷呈现出一种全新的中国式的低调奢华。

把中国瓷器最高级的官窑作为我们的标准和高度。八方新气追求的“官窑的浪漫”，就是要做时代的官窑。

——王侠军

**问：您想要打造当代的官窑，并不惜代价去追求完美，这在我看来是一种现实的浪漫，或者说是一种浪漫的现实，要求很高，难度很大。您能否简要地阐述一下“当代官窑”是个什么概念，要达到怎样的目标？**

答：如上所述那是“不仅最好更要唯一”精益求精工艺的传统伦理。我们要把中国瓷器最高级别的“官窑”作为我们追求的标准和高度。所谓“官窑的浪漫”就是要完成当代所欠缺的极致和完美。

过去的瓷器，无论在生活使用的对象上还是在艺术经典的观赏上，因瓷土高温瓷化致密过程产生的15%高收缩率和软化现象，数千年来局限了瓷器的造型，在这种瓷化过程中，要求瓷器点、线、面的精准，在摄氏1300度以上的高温烧结中几乎不可能完成，圆形的、筒状的就没有这些问题，平面的、悬空的则会坍塌扭曲变形。为达成这理想高度,我们八年多来日以继夜地研发，从十几吨瓷土中选出来现在这坦然、自信的“白”我叫它“明白”……虽然这工程浩大，过程艰辛，但是来完成这独一无二的造型和品质，来达到生活艺术化、情趣化的新境。它是一种时尚，一种态度，更是一种文化。

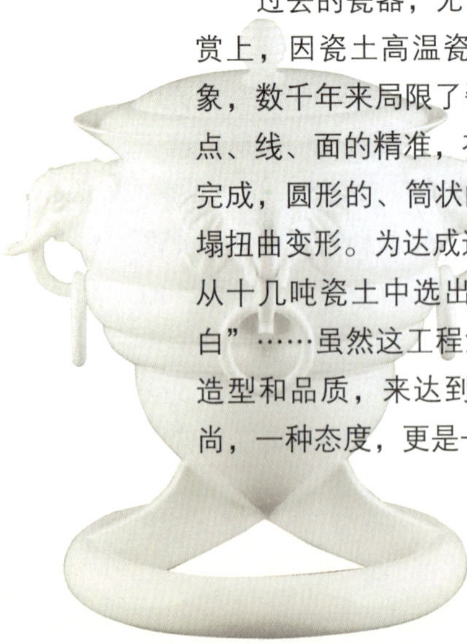

这是一种惊天动地的历史改变，让世人见证了我们的高度和态度——追求卓越，更上层楼。这是“官窑的浪漫”才能不断地演绎出令人惊艳的情节。

“站相”是生活的需要，也是时代的必要，是一种自信和尊严的象征。

——王侠军

**问：我到过八方新气的上海店，看过店里陈列的许多作品，给我最大的感觉是惊奇和惊叹！惊奇大多数的作品是立起来的，或有棱有角的，或弯曲悬空的，或镂空层叠的，立体感极强，这些瓷器作品打破了传统器形，举几个例子。**

答：八方新气期盼能进一步挑战瓷器型制上的瓶颈，摆脱抄袭仿古的心态。更进一步，从骨子里革新瓷器长年一成不变、封闭圆桶腔体造型的束缚，并重新探讨瓷器新的时代风采。如此一来，式微的瓷器将能重振其昔日的雄风，而我们也能与时俱进享受属于这时代的“正器”。

如作品“日月明”，以明亮的简约方式，重现商周时期鼎的庄严和霸气。作品以双脚站立双手撑腰的姿势呈现一夫当关的豪气和顶天立地的自信。它以担当的气韵面向挑战，并朝明日的希望大步迈进。

又如茶器“帝国记忆”，通过多重简洁的平面线条，临空蹈虚式的设计传承了商周尊、爵、鼎等神圣的意象，其昂首挺胸的神情和庄重浩然的正气，的确能为生活带来乐观的正向能量和别开生面的新气象，这作品中那些看似简单的线条平面，都需要一丝不苟高难度的瓷器工艺才能完成，它呈现另类中国式的低调奢华，内敛沉静，充满一种仪式的庄严。也期盼人们在昂然氛围中能体验另一番品茗趣味。

想当初赴美研习玻璃艺术的观念和制作技艺，三十余岁才开始起步进入另一个全新而陌生的领域，虽有信心，却难免有所顾虑，事前给自己三年时间做了一些心理建设的工作，告诉自己再怎么艰困都得咬紧牙关熬过去，不得半途而废，自忖：那绝对是打了十层地下室稳固的心理基础，不达不罢休；但世事难料，第一堂课，就震倒了所有的基础建设，热、烫伤……在初学不得要领其节奏与窍门时，都是难躲掉、难掌握的慌乱不堪，这样高热的学习环境如何自处？这般难学的技艺何时学成？无语问苍天，一时找不到让人心安理得的说法，所以心情跌到谷底，第一堂课就把自己打得遍体鳞伤、节节败退，考虑是否就此放弃打道回府？在忐忑不安中，所幸机缘巧妙又于第三天读到了“玻璃是人类最伟大的发现”，就这“伟大”二字，让人硬了头皮继续向前闯。

当初对玻璃充满光彩的明亮期望，刹那剧变成乌云笼罩，令人喘不过气来；如果当时没有那句话及时出现，一如一道断然笔直的直线，撑开低压的乌云，一股向上的骨气便不禁升起，而缩起小腹挺出胸膛的深呼吸，也唤起了退败再挺进的雄心；抬头挺胸的神气，鼓舞此刻的低潮，拔地而起的气势正是上天入地的喻意，于是我不入地狱谁入地狱的使命感油然而生，头皮也就硬了。壶体杯身自信利落的身影，一口上下贯穿温热的普洱，耳边响起男儿当如是的呼喊，于是再提炙热的吹管，伸进摄氏1300度高温的玻璃熔炉，再吹火烫的狂想；当沮丧的时候，身边的豪气能量实时补气，又见振奋，有如阴阳调和，在最低潮的时刻，对象豪气的气韵，带来你信心满满的精神。

我希望以人文的感性带出产品的生活意识，以意境建构考究的文化传统。

以此，努力使八方新气的每个瓷器都成为一个传奇，为国瓷开辟一条重振雄风、独领风骚的大道。

艺术家要面对个人创意和工艺高度的追求，创业家则需要更大的胸襟与气度，来面对更艰巨的企业理想与社会责任，就八方新气而言，这是文化再造与美学实践的落实，面对这样的文化使命与历史任务，深感任重而道远。

——王侠军

**问：八方新气的作品给我总的印象是高端、大气、精致、典雅。请问作为现代感很强的艺术性作品，在国内外产生了怎样的影响，得到了怎样的评价？请举例；而作为一种艺术性很强的实用性产品，在国内外市场的发展情况又是如何？请举例。**

答：八方新气的作品的确给人们视觉上的冲击和震撼，那份现代时尚的自信的确颠覆了传统瓷器的审美标准，它们带来的共鸣不仅是限量的典藏品，生活器物也带来很大的回响，而它们改变和提高了人们的生活情趣，从眼睛开始，即感受到一种生活美学的好体验，而其中令人玩味的功能设计，更鼓励人们带入更多的创意到生活中，如此的参与生命的内容丰富而有质感。

“八方新气”自创办以来取得了许多的肯定和荣耀，如：2011年时任国家副主席的习近平将“八方新气”作品“自在自得”选为国礼赠送美国副总统拜登，2013年国务院出版《华人智造者》中更定位是“中华瓷器文化的复兴者”，和贝聿铭、李安等同列为全球五十位创新领袖，同时也是华人首家受邀参展的瓷器品牌入驻意大利的米兰三年展中心，参加法国卢浮宫非物质文化遗产展览，世界名人的收藏……无论是国家元首的馈赠、同行大师的认可还是国际媒体杂志的争相报道，都可以看到“八方新气”带来的一种国际性的认同和激赏，我想是其中文化和时代基因所致，正如著名设计杂志Domus所指“中华文化和包浩斯完美的时尚结合”。

八方新气的瓷器作品有限量的典藏品和精致独特的生活用品，目前它们还是独一无二无可取代的，除了两岸外，在日本和欧洲我们也有许多热情的粉丝。

"八"是天南地北的辽阔体验，"方"是一丝不苟的深情实践，"新"是精益求精的探索精神，"气"是身心自由的隽永法则。

——王侠军

**问：八方新气要"引领时代风格，打造世界唯一"。请问："时代风格"具体的含意？"世界唯一"又是指什么？在功成名就的今天，您下一步又有哪些新的创意设想和举措？又会有哪些新品、大作将问世？**

答："时代风格"是自我的期许，面对从新石器时代8000年形制造型和风格的历史，每个时代应着当时不同的环境和条件都交出了各自的作业，那么民国之后的作业呢？我想这个功课该有人去做吧！不一定百分之百对，但得有人开始着手，时空、观念、条件都已经这么大的改变了，当然要以现代的精神和标准来接续这文化和历史上的传承，我想这是创作上的基本态度，而现代的科技设备和材料知识，让人看到东汉末年逐渐成熟的瓷器历史，1800年后新的创新契机。

"不仅最好更要唯一"，我想这是每位创作者自我勉励的基本准则，这不只是古今比较也是东西映照，无论创意上或是工艺上都要有这种高度，时代风格自然就能落实。

每次的创新必然能积累新的经验和心得，于是你看到更多的可能性，对我而言这是创作的最大收获和乐趣，我喜欢石头，新的大的创作将在这议题上着墨。

书为心画。书法不仅仅是求点画结字之工，更是体现作者气度、胸襟、性情、学养的博大与丰厚。

# 非人磨墨墨磨人

## ——上海三唐美术馆馆长唐校笙散记

文 / 沈源琼

早春伊始，浦东陆家嘴暖意融融，碧空如洗。坐在上海三唐美术馆简朴古拙、深厚浑穆的画室内，与馆长唐校筀海阔天空，品茗聊天，很是惬意。

唐校筀创办的三唐美术馆，坐落在东方路靠近黄浦江畔的上海保利广场内，占地近千平方米，庄严典雅。馆内珍藏着从国外回流的唐、明、清代纯金佛像，夏、商、周、春秋时期青铜、金银器及唐宋元明清官窑开门瓷器等国宝级艺术珍品，以及徐悲鸿、张大千、李可染、吴昌硕、傅抱石等名家作品。

唐校筀介绍，馆内展品主要分为先秦时期、汉魏六朝时期、隋唐时期、宋元时期、明清时期以及近代和现代，囊括了纯金佛像、玉器、陶器、青铜器、书画、工艺品等。

在琳琅满目、保存完好的藏品中，最吸引人眼球的，是那尊北魏时期平座舟形高浮雕背屏式独尊佛像。

此造像通高200厘米，汉白玉质，主尊跣足立于圆形莲座之上，发髻与肉髻表面刻有水蜗纹，头略下低，面带微笑，清秀和悦，嘴角略翘，双肩下削，体形丰满，穿褒衣博带式大衣，施无畏印与原印，衣纹为减地式阴刻凸棱状。

造像的顶端为腾飞的天龙，两侧有穿着长裙的飞天，其身形折腰纤细，在熊熊燃烧的火焰中随风飘动。底座两侧，分立着凶猛的护法神兽，背面、侧面刻有一百多尊小佛像和精美的缠枝莲，整个造像在空间上运用充分又井然有序、错落有致。显示出工匠的高超技艺。据说，比此小一半的同时期佛像，曾拍出3000万人民币的天价。

而馆内展出的南北朝梁代（公元502—557年）青石背屏式佛像，则将中国书法的历史整整提前了2000年。

# 非人磨墨墨磨人

唐校笙，当代著名书法家，中华儿女理事会执行秘书长，香港中华儿女出版社总编辑，齐鲁人氏，潇洒旷达，一派儒雅之气。

唐校笙自幼酷爱书法，长期临帖不止，每日不低于五个小时，悉心钻研秦篆汉简、魏晋风骨、唐宋流派等各种传统书法艺术，融会贯通，逐步形成了自己独特的风神俊逸、敦厚庄重的风格。

他写字与众不同，爱在书案前侧身挥毫。所用的笔也别有特色，近三尺长的罗汉竹杆，笔头二寸多长，且笔杆有三道弯。

唐校笙说，自己是从小学一年级，写田字格开始练字的。那时候，谁田字格写得好，老师就表扬谁。在班上，他的田字格写得最好，由此获得的表扬也最多。在表扬中，渐渐迷上书法，并且，从此执“迷”不悔。

中学毕业，当兵入伍，铁打的营盘收拢起少年的满腔狂想，将血性男儿的追求锤炼成熟。一个偶然的机会，得人指点，唐校笙为字中乾坤沉醉，笔划挥洒的奇妙世界将他的人生茫然沉淀出对人生的新追求，曾经不羁的天性从此化为笔端的洒脱和真情。

唐代书法家怀素练字，用坏的笔堆积成丘，他索性挖坑掩埋，起名“笔冢”。没有那么多的纸来练字，怀素就摘取蕉叶代用。据说，他居所附近的上万株芭蕉，都被他摘得光秃。而唐校笙以人生为砚，以心血为墨，磨出了岁月沉甸甸的内涵。

转业后，到团中央中华儿女报刊社工作，唐校笙练习书法有了宽裕的时间和丰裕的经济基础。用最好的纸墨写最好的书法的夙愿，越发强烈。他常常是去一次北京荣宝斋，就购买十几令最好的红星宣纸、一大堆好笔和几箱子好墨回来。下班回家，足不出户，拼命地写，写得满屋都是。

当时，有人告诉唐校笙，你的楷书功底不错，你再写一百令纸，就能出来了。唐校笙为此肆意纵横赶写了一百令纸。任务完成了，回过头来一看，字比以前有很大长进，但离真正的书法还差得很远。

此事，对唐校笙触动很大。他醒悟到：欲速则不达。要写好字，没有十年以上的面壁经历是不行的……要从临习古帖开始。而要临帖，就要写得像帖，只有把人家写的传承的东西都印刻在脑子里，才有可能去发挥。

从那时始，唐校笙从一天写一个字，过渡到写十个字，再到写五十个字，逐步把字写得像样，跟帖上接近，慢慢的将字写得和原帖一模一样了。

有一年春节长假，唐校笙身患重感冒，屋内开着热空调，他裹着棉衣，热得浑身冒汗，淌着鼻涕，整整7天，愣是没有出过一次家门，躲在屋内，反复临摹曾来德老师布置的《兰亭序》。节后，唐校笙拿着作品请曾老师评点。当听到曾老师说你过关了时，从不流泪的唐校笙，激动得眼角湿润了。

他曾自费去西藏。在一片蔚蓝苍穹之下、银岭碧草之间的一所佛学院闭关静修了一年多。研庄骚，悟释迦，读史记，使他变得很沉静。而在书法上由于得到了龙多活佛、禅观法师的指点，也进入了一个全新的境界。

唐校笙出名了，国内外请他表演书法的邀请纷至沓来。忽一日，唐校笙醒悟到，自己得意于出国表演书法是否太浮躁了，中国书法博大精深，天外有天，俊杰辈出。善学习者，才能与时俱进。于是，他拒绝所有邀请，甘于寂寞，到国家画院曾来德先生掌舵的书法班去进修。

唐校笙说，当代书法界大师曾来德、胡抗美对他顿悟书道之妙、登上书法之路起到了重要的引导作用。二位大家曾向他讲解了关于人格、书法、诗文理论，关于书法继承与创作的要领，令他如沐春风，茅塞顿开。

对唐校笙来说，书法，是他生命的有机组成部分，是心灵之迹。他说，心灵的迹化，就是书法的本质。书为心画。书法不仅仅是求点画结字之工，更是体现作者气度、胸襟、性情、学养的博大与丰厚。人们在观赏和品味那些浸透着淡淡清香的墨迹时，似乎还可以隐约感受到作者人生的历史印记和人文情趣。

## 腹有诗书气自华

人面盉（公元前1300-1100）

唐校笙多才多艺，善书法，又写得一手好文章，还是个京剧票友。他拥有两辆越野车，喜欢自驾车行万里路。走北疆雪原、闯南国椰林、跨长江、涉黄河，平均一年一个人要跑十万公里。有一次，他在12天内，驱车跑了15000公里。2012年，他独身穿越塔克拉玛干沙漠。他那大气的胸怀和开阔的眼界，在穿越和行走中练就。

唐校笙说，人生要活出一种境界。做学问也好，搞艺术也好，都是表层的，最重要的是锤炼自己的性格，达到一种喜到意满，能沉得下；财到眼前，能看得淡的境界。

过往寄情于文学，使他对书法的理解和常人不同。平时不善应酬的他，对酒深恶痛绝，但对李白的《将进酒》却情有独钟，唐校笙写了上千遍，还是过不了自己这一关。他说："我想老老实实把自己埋起来，在书法方面继续探究。"

唐校笙擅长草书。他的草书具有跳跃腾挪的节律、字随心意的造型，使人过目不忘。他坦言："行书是走，草书是在大草原上奔跑。"

有人说他胆大，在线条笔墨间显现出浑厚、恣肆的倾向。他说，是个性使然。

据说，王羲之晚年的时候在水上写，水墨沉下去，水面看下去有字，唐校笙亦曾做过，凭的是心境。

对于书法，唐校笙没有丝毫功利心。对于自己写的字，他始终不满意。尽管，他的作品被日本、韩国政府首脑收藏；先后到日本、韩国、奥地利、捷克、瑞士等国进行现场书法表演，作品流传到多个国家和地区；2008年获得全国奥运书法比赛银质奖、2013年获第二届平复帖奖、第七届全国新人新作奖。但他不愿靠写字谋生，只是希冀以此作为德修。

他说："书法给予我的是一种来自生命深处的感悟，书法的情趣在于书写过程中的身心愉悦，同时让人不断读书修德、超越自我。"

唐校笙还曾策划编辑大型图书《佛教画藏》《十世班禅传》等，并主持编写中国三代领导人物传记（海外版）等79部，电视专题片100余集；曾7次随中国青年访日代表团访问日本，为日本海部俊树等三位前首相题字，为广岛茶道社题写"茶禅一味"，为山行县酒厂题写"酒神"巨幅书法作品。

2005年，唐校笙协同中华儿女海外联谊会做中日青年交流工作；同年在北京民族文化宫成功策划纪念王洛宾逝世十周年经典歌曲演唱会。

2006年，唐校笙成功地将散存在日本名古屋的500余幅近现代著名画家作品回流国内。

奥运期间，唐校笙在广州、上海、山东、新疆等地组织十余次以庆奥运为主题的画展及大型文化交流活动。

作为书法家，唐校笙很另类。比如，在书画市场兴盛的现今，他不贩售自己的作品，而是每日临帖、练习，通宵达旦；在中国艺术界各自为家的状况下，他自掏腰包集结十省市美协主席举办展览活动；多数人追随名门正派和名人字画，他却跑去市井坊间，发掘了一批扎根在民间的人才。

"因为以前我是一个军旅作家，毕业于解放军艺术学院，离开部队的时候，我就认定，毛笔是我的武器，我用它来直抒胸臆，表现自己的内心世界，反映多姿多彩的外部世界。"

"笔底龙蛇舞，胸中天地宽"。这是中国书法家孜孜追求的最高境界。在前辈们的眼中，唐校笙无论是字品，还是人品，正渐渐臻入这一以墨香和意态渲染而成的中国人文历史的境界。

# 墨有度而意无穷

唐校笙说，书画有造诣、有进展的人，与他的德都分不开。唐校笙苦修书法得“道”真谛，使他的作品流淌着一种充沛的元气和生命的活力。

上海著名书画篆刻家韦义发老先生在观摩唐校笙的书法之后，握着唐校笙的手说：“你的书法就是道法。”道者，功夫也，虔诚也。

三唐美术馆开幕当天，玻璃幕墙上贴着唐校笙新近挥毫的《廉颇蔺相如传》，他说自己一口气写了28张。“才不卖呢！还不够好！”唐校笙坚持。“看他人只看潜力，看自己吹毛求疵。”

走进唐校笙的书斋，满壁字画，翰墨飘香。屋外的世界在不时变幻，而他依然故我。坐拥书法，品味与字和文物相伴的宁静，享受淡泊明志的人生境界。

唐校笙说，只有把书法与生命合而为一的人，才会把生命对自然的渴求，转化为笔底的无尽风光：颠倒、错位、裹卷、旋涡、复旧、超前，时肥时瘦，时浓时淡。

在唐校笙看来，书法，就是笔尖在宣纸上跳舞。是一件从身体到内心都很好玩的事情。我们既然想玩书法，就要以一种博大、开放、宏观的心态来看待古代遗留下来的那些宝贵的资料。

唐校笙坦陈，他之所以不懈余力地收集古佛像、青铜器等文物，就是要溯中国书法之源。中国书法不走进历史深处，不追溯历史的源头就没有创新。他愿意顺着古迹追寻下去，把文字的发展和文字的变迁串通起来，了解洞察中国书法的演变进化轨迹。

“如果，我们不知道古人当时的书写环境、状态、工具、心境、技法，那么我们又怎么能得中国书法之精髓，并予以传承光大？”他强调，传统不仅仅是那些耳熟能详的碑帖，更是一种精神，一种胸怀。

他举例，当初汉字是象形的，后来逐渐进化成了甲骨、篆书，然后继续变化成隶书、章草、草书、楷书、行书……他说，魏晋人的行草书、楷书乃至章草，充满古拙、奇肆、生涩，其实这些都正好是文字进化、书体进化的一个中途岛。

“只有从文字演化的角度去研究中国书法，才会对每个时代每个书法家的风格、造型有一个更深刻的理解。”

对于一个早已结茧的书家来说，破茧化蝶的历程是异常艰辛的，这意味着要不断地否定自我，不断地超越自我，更意味着可能的失败。然，就在唐校笙从部队转业以来的短短十多年岁月，唐校笙不断地超越自我，其书艺一年比一年有新境界，其精湛的笔墨功力和深厚的文学修养及丰富的人生感悟，使唐校笙创造出来的艺术作品，笔墨谨严而能纵横，从心所欲而不逾矩。

有人就此赞道：无意于工，笔笔皆工；无意于法，笔笔皆法；无意于情，笔笔皆情；无意于韵，笔笔皆韵。

曾经的军旅生涯，使唐校笙的作品丰满并具有立体感。“凡书笔画要坚而浑，体势要奇而险，章法要变而贯。”他的草书具有跳跃腾挪的节律、字随心意的造型。对于表现力稍静态的作品，他追求沉稳之气，清雅之味；对于表现力稍动的作品，他追求飞动之势，雄强之力。

## 齐鲁俊彦自风流

唐校笙是个一心向善向佛的人。十世班禅大师送他法名达旺桑博，翻译过来意即月亮智慧。

向善向佛的唐校笙，有着齐鲁豪杰的爽朗和血性。他为人诚恳、热情、仗义，不求回报。

上海三唐美术馆开馆后，有位朋友隔三差五就跑到他那儿，索取书法作品。索取的频率高得连索讨者自己都有点汗颜。然，唐校笙依然有求必应。

有人提醒道：唐老师，你是个知名书法家，作品值钱，不该这样送人呀。

唐校笙嘿嘿一笑，说，朋友大老远过来，总要给他一点面子。复又说，我从来没想过我的字可以卖多少钱。我只想自己这一生，如果能留下一张，后人说这是唐校笙写的，就足矣。

有一年，北京某区政府组织书画笔会，会前谈定，与会的书画家每人书、画一幅作品。唐校笙笔走龙蛇，很快写就了一幅狂草。会议组织者见之，过来商量：唐老师，能否多留下几幅墨宝。唐校笙二话不说，铺纸挥毫……

对此，与会的书画家中有人不满了，责备唐校笙太傻，坏了规矩。唐校笙听了，一笑了之。

唐校笙坚信，一个书法家只有走出书斋，投身到人民群众之中，他的艺术才有坚实的根底、宽广的前景和肥沃的土壤。生活在社会最底层的平民百姓，未必能真正领悟书画艺术的意蕴，但他们对艺术的虔诚和渴望，令人感动，催人奋进。

2013年10月，唐校笙应邀到甘肃临洮县一个海拔3000多米的小山村，为那里的百姓写条幅。小山村原始简陋，村民淳朴。得知来了一位北京的大书法家，欣喜若狂，杀猪宰羊，热情招待。山上没有水，村民们就手提肩扛从山脚下提水上来。

唐校笙是个佛教徒，不吃猪肉。盛情难却，他喝了一碗清面汤，怀着一种对百姓的尊敬心情，一一给老乡写条幅。老乡们很激动，举着条幅奔走相告。

返程的路上，车开出了好几里路，回头一望，老乡还在挥手相送。唐校笙深有感触地对陪同的临洮县领导说，中国的老百姓“真”得太感人。

唐校笙对自己的眼力颇为自信，他对书画家的审视、评价，不侧重名声，无视已得成就，而是观察其潜力。

如今已成为河北美院副院长的崔景哲，是唐校笙在画廊里发现的书画家之一。

第一次见到崔景哲的画作时，唐校笙眼睛一亮：这是一个可造之材。

崔景哲擅长把工笔、写意、色彩等因素融会贯通，在绘画上很有创意。因刚从美院毕业，作品开价只有三四百元一张。为鼓励他，唐校笙一口气买了崔景哲三十张画，之后两人情同手足。

唐校笙说，在他单身生活这些年的每年除夕，崔景哲总是舍弃家人，陪他过年。唐校笙预言，凭崔景哲的人品，必成大家。如今崔景哲的作品在保利一幅就拍成120多万元，并不断受到各界人士的追捧。

“我很能发现别人的潜力，哪怕他在大街上画画。”唐校笙说，“我还发现过一个，现在此人的画作卖到七万一平尺。”

在这位画家刚出道时，唐校笙就拉着他去山西、山东、四川等地搞画展、拍专题片。现今，这位画家已声誉鹊起，成为业内翘楚。他，就是唐校笙的挚友陈春勇。

大名鼎鼎的王小羽，曾经在山上做了十五年和尚。唐校笙慧眼识珠，发现了这位昔日的美院老师，一下子收了王小羽三千平尺的画，并大胆预言，两年时间内，王小羽的画将达到两万一平尺。事实果真如此。

当然并非所有人都有如此契机，有艺术没有德修的人，唐校笙一概不与其合作。

真性情，不浮夸，使唐校笙在书画界颇有人缘。在上海三唐美术馆开幕时，本身已拥有中国最大私人美术馆的著名书法家崔如琢献上了自己的指墨作品，并在三唐美术馆举办书画精品展，作为贺礼。

业内人士解构，唐与崔二人，多年来惺惺相惜。崔如琢感恩与唐交情之深厚，唐校笙盛赞其画作之精妙。

近年来，随着国民经济的发展，中国书画市场的拍声迭起，随之而来的风险也逐渐显现。唐校笙临摹王铎七年，烂熟于心，曾经有人拿王铎的字请他鉴定。他审视后，毫无顾忌地说，这是

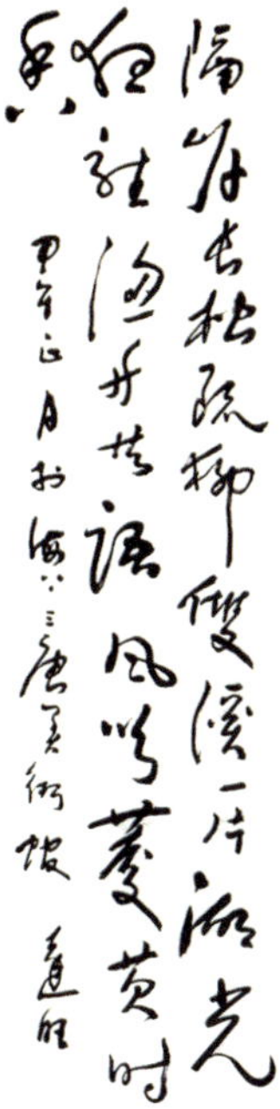

唐校笙书法

假的，一言定乾坤。

唐校笙自述，书法于我，视为神圣之职，每日必勤研数时，未曾间断。其前沐浴更衣；其间心意沉稳，正气于胸，虔诚空灵，恭敬古风，则字随心意，一气呵成。

提及三唐美术馆的未来，唐校笙很清楚自己擅长的部分，表示将力求创建一流的交流、切磋、学习、发展的平台，组织学术交流，观摩创作成果，开办学术讲座，将三唐美术馆做成综合性的美术馆。

此外，在浙江余姚，唐校笙有一个新的文化项目正在筹划。唐校笙透露，他还将在浙江、四川同时开办8个博物馆……

他始终行走在时尚与怀旧边缘之间，他进行商业拍摄，也搞艺术摄影，更注重人文题材。现在，他在张园做“独行侠”。

# 他为老外拍“全家福”

文 / 庄元强

三轮车上一家门，唐装旗袍加阳伞，鸟笼菜篮做道具，老外一家乐呵呵！

石库大门做背景，窗台变成摄影棚，张园里面好热闹，弄堂风情迷老外。

这首打油诗描写的是在张园，每隔一段时间，就能看见一位摄影师带着一批美国游客来这里弄堂游，尽情拍摄这里的特色石库门建筑。为了让外国友人能充分体验中国特色弄堂的乐趣，这位摄影师还弄来了三轮车、唐装等道具，老外穿上唐装，坐上三轮车，游走在弄堂间，别有风趣。

这些家庭照大都是在威海路590弄的张家花园里拍的。这些老弄堂已经有一百多年的历史了，从加拿大归来的华裔王钢锋也可算得上是半个张园人，他生在张园附近、长在张园附近。他就读的吴江路幼儿园、风阳路小学、十一中学不是在张家花园东面隔壁，就是在张家花园马路对面，或张家花园弄堂深处，所以他在这里拍照是轻车熟路，他知道哪个时辰在哪条弄堂哪扇门做背景会更好看！

## 重回张园建起拍摄基地

2002年，年过半百的王钢锋从加拿大回到上海，5年的北美生活及商业摄影的经历使他如虎添翼。回国后，他行走在时尚和怀旧边缘之间。他为《ELLE》杂志拍了5年照片，在他的商业摄影照里，莫文蔚、赵薇、陈冲、许晴及洪晃等大腕级一线明星在高级场所的走秀商演出现在他的镜头中。而在他的艺术摄影作品里，大都拍的是交通闭塞的原始山村。他特别注重人文题材的拍摄，拍摄地点有云南边境的自然风光；也有安徽福建甘肃等地的农村幼童妇人。

世博会时，王钢锋却出人意外地在张园建立起他的摄影基地。

王钢锋说，他从小时起就住在张园附近的“同和里”。对于这个自己童年、成人、中年曾多次穿越过的老弄堂，有着说不出的感觉。“太熟悉了吧。”他说。如果让时光倒退100年，这片叫作“张园”的空地，在清末民初是上海最大的观光旅游花园、最大的娱乐中心、最大的公共活动场所。而张园看似貌不惊人的一个石库门里弄，曾在历史长河中惊起怎样的波澜，它背后藏着很多民国名人要人的故事，孙中山、黄兴、章太炎、严复、蔡元培等多次在此发表演说和集会，霍元甲在这里打过擂台。当时可以毫不夸张地说，没有到过张园等于没有“白相”过大上海。

其实现在张家花园石库门“拍摄基地”的建成，也不是一蹴而就的。他现在的摄影棚在张家花园的41号里，这栋楼房是“张家花园”地区体量最大的民宅，是一幢有着四层楼和前主后副格局的庞大的独立式民居，精致的窗户、铸铁的阳台、红色的百叶窗，显示着它的与众不同。

王钢锋的工作室叫做“独行侠”(Gang of One Photography)，这个名字很贴切，但也实在很中国。他租用的张园41号101室门前是条走廊，两旁挂满他的摄影作品，还有一张证实他资历和实力的上海市摄影家协会会员的牌子。

走进工作室，四壁上贴满、挂满了照片，触目所及不是摄影器材就是悬在头上的挡光伞；他就在他的工作台和电脑间不停忙碌；长桌上摊满了新冲印的老外全家福的各种照片。

他对记者说：“刚回张园搞拍摄时并不顺利。张园现有800多户人家，年轻一代大多都搬走了，剩下的全是老人。如今这些还住在老弄堂里的人，很多人一边在六七家人家共享的阴暗厨房里烧饭，几十人共享一个不抽水的抽水马桶。他们盼着通过动迁，过上翻身的日子。他们看见王钢锋带着老外拍照，怨气冲天：“你老是把他们往这儿带，这儿快成旅游胜地了。全上海的老房子快拆完了，就剩我们这儿了，哪天他们到这儿来挂铜牌（保护建筑）的话，我们找你拼命去！”还有人说：“你这是在反映阴暗面，丢上海人的脸！为什么不去拍外滩？我要报警！”

张园的居民们有时不敢直接骂他，就指着他的助手老鹰骂。每当他们骂完“山门”之后，最后总是来一句高度总结的话：“侬只晓得自己赚钞票！”

王钢锋摄影作品

所以对他来讲：要拍好照片，得先创造出一个和谐的环境。对居民必须分门别类地对待，这些都成了拍好弄堂家庭照的必要功课，他采取了争取大多数张园居民的同情，化解一小部分人的情绪。

随着时间的推移，他做的“鱼离不开水”的群众工作慢慢起效果了。他从弄堂口走到弄堂尾，一路招呼不断；有的邻居甚至把大门钥匙都配给了他，他可以直接带着老外上二楼邻居们的公共大厨房拍家庭照；有时老鹰腾不出手，他可以随手拖一个邻居来帮忙，在相机后面跳骑马舞。

## 让老外在弄堂里圆中国梦

目前，全球500强企业中有270家在上海，其中有87家在上海成立了投资公司，48家将地区总部设在上海。而上海人口呈现的“国际化”特征正日益明显，到2012年底，上海市常住外国人共17.3万余人，同比增加6.7%，占全国四分之一。

王钢锋说："上海还住着很多来自欧美的家庭，一般都是世界五百强派过来的高级行政人员，不是CEO就是VP级别的，再低的也起码是个部门总监级的。合同一般都签三、五年，来上海开发或领导'在华总部'，他们大都是全家一起来的，太太全职家务，孩子都在这儿上国际学校。"

每年春末夏初，就是这些老外高管与公司的合同到期的时候。这些年都爱上上海了！如何告别？他们中流传着一句名言：没有更好的方法比请王钢锋拍一套全家福，来对上海这个我们生活了多年的城市作别好！

就在笔者采访时，一位慕名而来的格瑞特斯网站（全球志愿带外国观光客游览50个大城市的公益网站）的女老总，说上海刚刚成为第47个GGN认证的组织，请王钢锋能否把他为老外在张园拍摄的系列全家福照片放在她的网站上。王钢锋听说他们是一个志愿带外国观光客游览上海的公益团体，在做一件拉近世界与上海的距离、促进文化交流的事，很爽快地一口同意，并表示，无偿提供照片供网站作宣传上海弄堂风情之用。

王钢锋摄影作品

王钢锋鼓励来照全家福的老外们精心准备两套或以上的唐装，如果是初到上海，那么先去董家渡轻纺市场订制全家的高级改良中装！又便宜又时尚又合适，要从头到脚量身定做。

太阳刚出来后和下山前是室外摄影的黄金时间。所以一年当中王钢锋能为老外拍家庭照的时间是不多的，加上爸爸们只有周末才有空、孩子们也要上学、周末有时还要下下雨，所以一年当中也拍不了几家。

他们拍照逗孩子时总是要大声叫喊。有时王钢锋还用玩具枪“冲啊、冲啊”地喊，老鹰则在相机后手舞足蹈地边唱边跳逗孩子笑。

王钢锋给笔者看了他为老外拍摄的60多组张园系列的可爱家庭照（已经拍摄了100多套老外全家福）。有身穿紧身小旗袍在弄堂里疯跑、天真烂漫的小女孩；有一家六口人在路灯下以青、红两色的清水墙面作背景成梯子形的合影；有左手拿苹果，右手提菜篮的双胞胎小姐妹；有在一辆黄鱼车上，爸爸穿唐装提鸟笼，妈妈穿旗袍举阳伞，笑容可掬的孩童拎菜篮子的作老外一家亲秀。王钢锋的这些作品总是能打动人心，即便是没有来过中国的外国人，也会在他的作品前停下脚步。作品全用胶片拍摄，整个作品不但使人感到幽默和亲切，还具有真实性和感染力，诉说着无限人性之美。

他对老外说，早拍早好，别老是拖到离沪前一周再拍。老鹰去送照片时，他们家里十有八九有搬家公司在为他们打包，他们也承认如刚来沪时就拍，效果会更好。没想到，房子拆得那么快，石库门老弄堂是租界时代的特殊产物，是见证上海历史的活化石，全世界只有上海市区才有。而弄堂里的生活，更是酸甜皆有。以前，上海市65%的住宅都是老弄堂，现在不知还剩下百分之多少。趁还看得见老弄堂，赶紧“来一套”。不知将来哪天，只能在影棚依靠背景，再现石库门当年的景象，然后那些从没看见过石库门的老外，只能一边听他讲那从前的故事，一边拍棚子里的全家福家庭照了！

他用传统的雕刻手法，结合西洋的美术风格，利用现代的雕刻工具，打造出一座又一座，具有当代审美意识的中国玉雕精品。

# 将金玉“合璧”的工艺大师

文 / 张 东 李燕翔

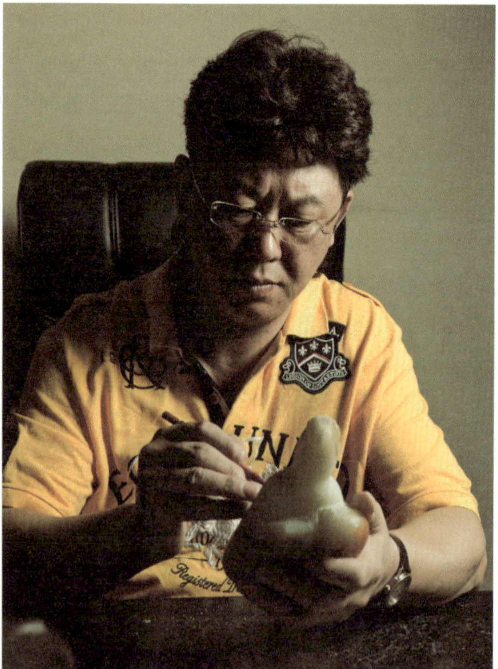

曹平是一个爱玉之人，他知玉，懂玉。小时候，跟着爱摆弄古玩的父亲一起，耳濡目染，渐渐地对玉产生了浓厚的兴趣，他欣赏玉，研究玉，80年代初，拜微雕大师周长兴为师，学习微雕，因为有一点绘画的基础，又通晓玉石的习性，很快，曹平就踏入了玉雕这一行。

渐渐地，曹平发现自己手头上所用的工具，已经无法和自己的创作理念相匹配，用现代技术来改进传统工艺，成为曹平一个挥之不去的念想。于是，他决定出国，去寻求新的技术支撑。

1993年，曹平旅美，在美国雕刻同行那里，他看到了世界上最先进的雕刻工具，这些工具为他日后的创作起了很大的作用。在美国多年，曹平不断汲取西洋雕刻工艺，从家庭小摆件到街头雕塑，并花大量时间，研究了日本的写实主义雕刻风格。渐渐地，曹平的雕刻理念出现了质的转变。他用传统的雕刻手法，结合西洋的美术风格，利用现代的雕刻工具，打造出一座又一座具有当代审美意识的中国玉雕精品。

尽管曹平在美国已经小有名气，但他知道自己的根在中国。2004年，曹平被上海市作为优秀特殊人才引进。2005年，成为最年轻的上海市工艺美术大师。2006年，他在上海成立了工作室，潜心发展自己的事业。曹平堪称雕刻艺术方面的全才，以玉雕为主，在牙、角、石、竹、金和珠宝方面都有相当高的造诣。失传很久的“贴黄作品”在他手上得到重现。

## 辟蹊径金雕玉琢

“玉雕”是中国特有的民间工艺，至今已有7000余年的历史了。

西汉末年，因为传说中的“和氏璧”（玉玺）被损，于是就有工匠建议，在受损处镶上黄金，掩人耳目。久而久之，便有了后来的“金镶玉玺”。也就这样，“金镶玉”工艺，从最初的掩饰缺陷，覆盖瑕疵，到后来为了视觉和使用的需要，成为一种奢华的装饰品。

以往“金镶玉”上的金，是无法和玉器剥离的，可曹平，却能另辟蹊径。把传统的“金镶玉”，做成“金玉合璧”，当拿掉玉体外面的饰金等装饰物后，玉体本身也是一件非常完美的工艺品，而包裹在外的黄金等饰品，则为点睛而作。玉雕这一传统工艺也因此得到了升华，而曹平这个名字也逐渐让同行刮目。

2004年，曹平的“金玉合璧”之作《岳飞》获得了第三届中国工艺美术精品博览会金奖，同年，又被上海市经委认定为上海市工艺美术精品，获第五届中国工艺美术大师作品暨工艺美术精品博览会金奖。

《岳飞》以白玉立体圆雕出骏马和岳飞，再配以黄金盔甲和马鞍，工艺一丝不苟，可以说是精美绝伦。一位台湾收藏家看见曹平作品的照片后，几次三番找到曹平，要求收藏，可是都遭到了他的拒绝。不过几次交锋之后，却和曹平交上了朋友，只要有机会，这位收藏家就到曹平的工作室坐坐，大家一起喝喝茶，聊聊天，吃吃饭。

有意思的是，自从和曹平交上朋友后，这位收藏家再也没有提出过收藏《岳飞》的想法。一次偶然的机会，两人兴之所至，聊到了宋朝抗金英雄岳飞，曹平没想到这位收藏家竟对抗金英雄岳飞的故事了如指掌。

“您是如何知道这么多关于岳飞的故事？”曹平问道。

“因为我从心里喜欢您的作品，所以花了大量的时间查阅资料，因为我还是想收藏您的大作《岳飞》。”

收藏家直截了当的回答将了曹平一军。一个收藏艺术品的人，花那么多时间去了解收藏品的背景故事，真所谓“宝剑赠英雄，美玉送佳人”，一个对藏品如此用心的人，一定不会亏待这件藏品，于是曹平放心地把“金玉合璧”《岳飞》交给了这位收藏家。

在工艺品收藏中，常流行这么一句行话，叫做物以人贵。同样材质的玉，经过曹平之手雕刻出来，价值就完全不一样了。因此，很多爱玉人，都会把好玉交给一个懂玉之人，就如同当年曹平答应台胞收藏《岳飞》一样，曹平的另一件上乘之作《天马》，也有一段佳话。

《天马》以整块和田玉作马，以黄金和青金石为鞍，用红、绿、蓝宝石点缀。若取下马鞍等其他黄金饰品，单看此马，通身晶莹剔透，一看就是一块价值不菲的好玉，再看它的雕工精美流畅，造型俊美矫健，无论从线条、点面，还是细节、整体，都给人一种和谐圆润的感觉，再配上马鞍等其他饰品，真是珠联璧合，浑然天成。这块约六千克重的上等和田玉，按当时的市场价格，已经不下二十万。

《岳飞》

当曹平第一次和玉的主人相见，看到这块玉时，就知道这是一块罕见的好玉。但是，因为一周前刚刚进了一批石料和红宝石，曹平一时间不知道怎样去筹集这批巨款。于是愣了半天，只好忍痛割爱。当玉石的主人起身告辞，走到门口，曹平又把他追了回来，要求再看这玉一眼，“真是好玉，日后也许再难相见。”曹平提出了一个不情之请，希望玉的主人暂时不要出手，待他筹到钱款，再作定夺，没想到商人的回答竟是：“曹大师，钱不是问题，问题是你要吗？”“要，当然要，只是……”还没等曹平说完，玉的主人就开口道：“只要你真心想要，我就送给你。”

送？如此珍贵的东西，就一个“送”字，曹平简直不敢相信这是真的。原来玉的主人是一位慈善家，自从2004年看到“金玉合璧”作品《岳飞》后，被曹平的“金玉合璧”工艺所折服。于是就有了赠玉的念头，看着曹平惊讶的神情，玉的主人轻轻把玉放到了曹平的手里，语重心长地说：“玉不雕不成器，雕好后，记得一定要让我欣赏欣赏。”于是，《天马》诞生了。

## 惊世之作属贴黄

曹平大师的贴黄“提梁小柜”完成于2010年，当年曹大师就将它送展。它在中国西湖博览会一亮相就惊艳全场，专家和评委给予的评价是“没想到……”贴黄“提梁小柜”不仅获得2010年第十一届中国工艺美术大师作品暨国际艺术精品博览会2010“天工艺苑百花奖”中国工艺美术精品金奖，2011年10月还被评为“上海市工艺美术精品”。

贴黄工艺始于明末清初。贴黄是剥取竹筒内壁约2毫米厚的表层，经煮压等处理后，贴在木胎器物上竹刻工艺品，其表面或是光素，或是镶刻花纹。早期的作品以提梁小柜和小盒为主，在乾隆年间曾达到很高水平。但由于贴黄的黄片较薄，故传统竹刻中的圆雕、透雕、深浮雕、深刻等传统技法无法展示，逐渐从兴旺走向衰退，以至于贴黄艺术几乎失传。难怪，当曹大师的贴黄“提梁小柜”出现在中国西湖博览会上，差点被专家当成古董。

曹大师擅长玉雕、竹木牙雕、珠宝镶嵌，他的作品不是简单的传承先辈，而是在工艺和构思上突破传统，力求创新，往往一件作品，用几种不同工艺有机结合。喜欢挑战自己的曹大师，在故宫等其他艺术品藏馆里，看到了似象牙制作，其实是竹子制作而成的贴黄作品后，被其折服。作为皇宫里最小的家具，从前的工匠是如何做到眼前这美轮美奂的惊人效果?不服输的曹大师开始潜心研究和制作。贴黄的材料非常讲究，要选取三到五年朝阴生长的毛竹，且虫蛀、霉变均不可用，一年半的时间里，用掉了碗口粗的毛竹近两百节后，终于成功制作出贴黄“提梁小柜”。

这款贴黄“提梁小柜”高为38厘米，宽为27厘米，厚为15.5厘米，外用黄金提梁和门扣，门扣略设机关，不能直接打开。贴黄“提梁小柜”外观似象牙雕刻而成，仔细看贴黄的拼接无缝、接榫门角毫无痕迹，精致的手工让人叹为观止，再看其刀痕走势，文饰设计及制作的方法都不同于传统的贴黄，甚至超过清朝乾隆年间的宫廷御制用品。

现在，曹大师又在潜心创作和田玉雕罗汉，用十八块上品和田籽料，精心雕琢十八罗汉，准备再次参加中国西湖博览会。

## 妙哉螭虎龙玉

曹大师浸淫在艺术的海洋里，汲取各种艺术门类的养料，同时在继承传统工艺的基础上，不断创新，不断挑战自己。最近在他的私人陈列室里，见到一方用青花玉巧雕而成的玉玺，可以说是绝妙的构思，绝佳的雕功。这是一件约十厘米见方的黑白玉，印钮为黑色玉体巧雕三条螭虎龙，螭虎龙与身下白云缠绕，好似螭虎龙穿云而过，印体为白色，印面雕刻了四个线条流畅的篆体“自强不息”，印体四个侧面用楷书雕刻了唐代中晚期著名诗人刘禹锡的《陋室铭》。

曹平经常去北京办事，空闲之余总要去故宫博物院看看，转转。一日正好在故宫博物院看到清王朝二十五玉玺，这是曹平第一次亲眼所见。玉玺也就是我们所说的图章，古代皇帝使用的图章称为玺，后称为御玺，因为玉制为主，故称玉玺。

古时候的印章上面都有印钮，特别是玉玺上面的印钮更为精致，曹平被二十五玉玺上面形态各异的印钮深深地折服。

《西厢记》

回到上海，曹平找出一块收藏了十多年的青花玉，决定用这块青花玉雕琢玉玺。出坯，取方，选题材，出样稿，还邀请了几位圈内好友，对样稿进行斟酌。

雕刻一方玉玺，印钮是非常重要的。古时候，每个印章上部都有

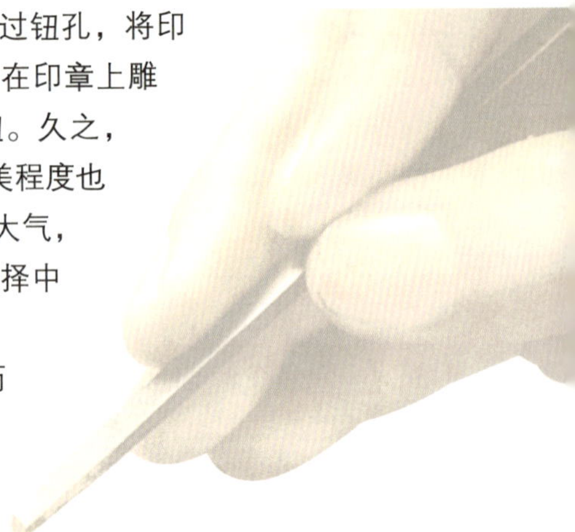

钮孔，用绳或绶带等其他东西穿过钮孔，将印章佩于身上。后来，出于美观，在印章上雕琢一些图案，被称之印鼻或印钮。久之，印钮的美观超过实用，印钮的华美程度也是地位和权力的象征。印钮既要大气，也要有一定的威势，最后曹平选择中国传统的镇宝传说——螭虎龙。

传说螭虎龙是四脚蛇演变而来，形似龙，寓意至高至上，脚似虎爪，强势有力，身披鬃毛，威武凶猛。在这块十厘米见方的上半部分里黑色处只雕一条螭虎龙，感觉材料浪费太多，曹平深思熟虑后，最后按照传统的习惯，定了三条螭虎龙，采用镂空雕。整个雕刻极其讲究细条，从螭虎龙的龙首到龙爪，再到身上的鬃毛，线条流畅、清晰。

三条螭虎龙大小有讲究：二大一小，表示全家福；一大二小，表示携子上朝。而曹平却选用大中小三条螭虎龙，寓言代代相传，生生不息。印钮与印身正好是黑白相间，黑白间过渡极为巧妙，三条螭虎龙穿云而出，龙爪下朵朵白云轻盈缠绕，云上是螭虎龙翱翔，云下白色的印体雕刻了篆体“自强不息”，朱文“自强不息”苍劲有力，与印钮寓意“生生不息”相呼应。印体的边款则为刘禹锡的《陋室铭》，轻扑金粉，既显眼突出又不与印钮抗衡天下。

大半年后，曹平看着完工的“螭虎龙玉玺”，总觉得缺了什么。善于动脑筋的曹平为“螭虎龙玉玺”特制了小叶紫檀的外盒。这个外盒有座子和盖子两部分组成。座子下方布满了莲花瓣，盖子上五个面分别刻着云龙，四周刻满回纹。这只用了半年多时间精雕而成的小叶紫檀的外盒，与“螭虎龙玉玺”放在一起，真是好马配好鞍。

多少个不眠之夜，他笃行不倦地在画纸上求索，通过对传统艺术的反思及对现代艺术的再认识，捕捉出『行业标兵』特质，有劳动者的尊严，有突破思想围栏的怒放，有生命成长的渴望，使富有韵律的画幅与时代节奏同步，被同行誉为『妙笔绘人物』。

# 灵动写国粹　妙笔绘人物

文/卓　玛

2014年9月，全新的世博源阳光谷举行的水墨灯光秀对外亮相，以水墨艺术家朱刚教授的昆曲系列人物画与阳光谷灯光艺术的结合为契机，结合现场昆曲表演艺术，通过高科技的LED灯光技术，以声、光、电、水镜为渲染手段，用动态光影再次诠释画作，为观众塑造“流动的国粹”。

近年来，上海画家朱刚创作的一系列戏曲人物画得到了业内外人士的好评和赞赏。2014年9月，他的一幅《贵妃醉酒》在北京保利第27期中国书画精品拍卖会上亮相，被藏家以不菲价格拍下成交，这恐怕是该拍卖会唯一一件当代画家创作的戏曲人物拍品。而在2013年10月，第22届美国国家艺术俱乐部圆桌展览上，朱刚戏曲人物画《白蛇传》作为唯一的中国作品惊艳亮相。目前，上海档案馆已经收藏了朱刚7件作品。

戏曲人物画是中国画中独有的艺术品种，最早它用来做书刊插图、演出招贴，后来发展成为中国画的一支奇葩，近年上海有数位画家专攻戏曲人物画，朱刚是成就突出的一位。

## 戏曲人物画：呈现艺术学养

中国戏曲是大众喜闻乐见的一种艺术形式，戏曲人物造型写意传神、夸张梦幻，具有浓烈的东方色彩。同时，它独特的视觉效果和强烈的艺术感染力，也深深地吸引着历代画师。

在国画界专攻戏曲人物画的画家群体中，朱刚的画风特别鲜明，以服饰、表情、动作、情感来表现女性的美，是朱刚戏曲人物画成功之处。笔者很喜欢朱刚戏剧人物的亮相，姿势极美，静中寓动，柔中寓刚，承前启后，表现人物的个性特点。

朱刚的作品中，杨贵妃和王昭君各自展示醉意的美、英姿的美。朱刚把杨贵妃的容貌、姿态画得很美，杨贵妃微红的脸上写满醉意，形态似飘动的云彩，身后画了许多花瓣陆续飘落到地面，扭捏的端素和拿捏着分寸的妖艳，那种福祸相生相伴的意象，让人印象深刻。王昭君是被历代诗人、画家、作曲家们着笔最多的一位古代女性，究其根源或许正是由于这千载难书的“主动和番”吧？朱刚的王昭君画面右手挥鞭，左手纤指前伸，较好地处理了画面的视觉冲击力和主题、人物情感之间的关系，将观者置身于历史静默的生命故事氛围里……

《申城之春》

## 中西都市画：惊艳亮相美国纽约

2013年10月，第22届美国国家艺术俱乐部圆桌展览在纽约举行。中国画家朱刚戏曲人物画《白蛇传》惊艳亮相该展览，朱刚也是此次唯一参展的中国画家。其实早在1997年，朱刚就应邀赴纽约举办个人都市画展，当地媒体谓其“具有扎实的绘画功底和良好的文学修养”，作品“给人以耳目一新的感觉”。

十七年前，纽约东方画廊。在鲜花和掌声中《上海风采——朱刚都市画展》拉开帷幕。三十余幅以上海城市景观为题材的都市画，向人们展示了上海这颗东方明珠的绰约风姿。作品既有恢宏的展卷，又有写意小景，给人以耳目一新的感觉。

中国驻纽约总领事馆领事在贺词中，对朱刚用都市画的艺术形式再现上海在改革开放中“一年一个样，三年大变样”的崭新风貌深表赞赏。

许多社会名流和观众一起兴致勃勃地观看了画展，浓浓的海派文化气息令人陶醉：“石库门”久经风雨，讲述着普通百姓的故事；豫园与外滩风格迥异的建筑多姿多彩；东方明珠、杨浦大桥和上海博物馆等景观气势宏伟，充分展现了上海这个国际大都市迷人的魅力，参观者无不为之称道。展出的30余幅作品中，《翔》巧妙地将九十年代上海的标志性建筑“东方明珠”与外滩最具代表性的建筑海关大楼进行组合对比，画面超越时空局限，以写实的手法演绎历史与现实的对话。画画上，白色的海鸥展翅蓝天，更给人一种生机勃勃的感觉。

《藏舟》

当一些年迈的老华侨在异国他乡看到“外滩”“城隍庙”“石库门”时，似乎又听到了一个个熟悉的故事，思乡之情油然而生；目睹“东方明珠”“上海博物馆”“杨浦大桥”等新景观，更是激动得热泪盈眶。“朱先生，感谢你用神笔把上海‘搬’到了纽约。”他们簇拥着朱刚，就像拥着一位远征的勇士。一些久居美国的华侨纷纷表示要尽快回祖国看看，到上海看看。画廊的容先生感慨地说：“这里每年要举办几十个画展，像今天这样的热烈场面，还没见过。”

画展6天，纽约市的《侨报》《世界日报》《星岛日报》和《明报》等主要华文传媒，几乎天天在醒目的位置刊登报道，赞誉朱刚30余幅展品“融合中西画风，描绘上海之美”。

## 典藏系列人物：多元学识背景下的成功实践

2014年元宵期间，朱刚独具魅力的戏曲人物画曾亮相于上海地铁十号线“京昆国粹专列”上，36幅作品让都市行人不再忍心做车厢“低头族”，上海昆剧团团长、著名昆剧演员谷好好带领罗晨雪、吴双等六七位上昆新锐演员登台演出。所选折子戏正来自于专列画作所表现的那些经典剧目。

很少有人知道，朱刚曾创作描绘过一批活跃在浦东第一线的普通职工——《我的兄弟姐妹》系列人物作品。

据朱刚介绍，上海浦东新区总工会为激发职工劳动热情和创造活力，2012年年初，将视角聚焦在了56家直管企业的一线职工中，掀起了直管企业“我的兄弟姐妹”年度人物评比活动的热潮。朱刚的这组《我的兄弟姐妹》系列，50多个形象有名有姓，脸部特征各异，如果画不像就得不到当事人的认可，没有过硬的绘画基本功垫底，根本无法完成这样的任务，颇有迎难而上，自讨苦吃的味道。

生于上海长于上海的朱刚，对这座大都市有着难以割舍的情结。正是这种情结，促使他以严谨的态度，婉言拒绝了许多可获取丰厚报酬的约稿，独行己志，挚诚地追求属于都市的艺术语言。多少个不眠之夜，他笃行不倦地在画纸上求索，通过对传统艺术的反思及对现代艺术的再认识，捕捉出“行业标兵”特质，有劳动者的尊严，有突破思想围栏的怒放，有生命成长的渴望，使富有韵律的画幅与时代节奏同步，被同行誉为“妙笔绘人物”。

朱刚的画所以能达致传神中不失传真，是他长期为音像出版单位做戏曲名家书籍装帧实践时领悟出来的。这种装帧画不能太夸张而失真，只能循规蹈矩为名家写实；但也不是照相般实录，而是抓住其表演的瞬间，以适度的张力追求传神写意。他在创作人物画时，并不是在画室中看图片或凭想象就下笔，而是先把人物具特质的瞬间记下，然后筛选提炼，把最美、也是最传神的瞬间描摹出来。

朱刚现为上海新汇文化娱乐集团副总裁、上海声像出版社总编辑，多年来，他致力于“大美术”实践，将其理念融入平面设计、编辑出版、动画编导及创意园区建设等多个领域，均有所建树。出版《世界人物装饰画艺术》等著作。其创作的油画、国画、漫画、招贴画等多次入选全国性和市级美术作品展览会；百余幅插画刊登于书报杂志，近百幅作品被机构或个人收藏。

「慢」艺术，是一种对艺术语言的淬炼。是一种像农民般素朴的日复一日的劳动精神。「慢」艺术，代表了对艺术的高贵性与经典性的敬畏。是一种对于艺术的经典性与永恒性的虔诚信仰与永恒追求。

# 老毕和他的“回丝”画

文/阿　庄

不用任何颜料和画笔，只是几团回丝（就是我们过去厨房里用过的揩布），就能完成一幅如版画般厚重、油画般艳丽的艺术作品，这就是毕勤朴创作的回丝画。

毕勤朴是国家二级美术师，中国广播电视摄影家协会会员，现为上海广播电视台电视新闻中心资深美术编辑。他始于1982年探索综合材料棉纤维进行艺术创作，逐渐形成一种独特的绘画艺术。而他的回丝画作品《年年有鱼》曾走出国门，参加过德国、美国、荷兰、日本多国巡展，2004年他双喜临门，受上海中外文化艺术交流协会委托，他设计了赠送给法国总统希拉克的礼品《机遇》，希拉克盛赞这件艺术品非常漂亮，充满东方神韵。另一件回丝画作品《岁岁平安》参加了法国卢浮宫艺术沙龙展，走进世界艺术殿堂之门。2011年回丝画作品《水乡》入选第六届上海美术大展，得到上海美术界的认可。2012年回丝画作品《民居》代表上海文广集团工会入选当年上海职工文化艺术展“巧手赞和谐”获优秀奖。

## 用“回丝”能作出西洋画

对上了年纪的上海人来说，对回丝一定不会陌生，在过去，这种棉纱被许多精打细算的家庭主妇当作抹布。但是今天我们要说的是有人竟能不着一色，用“回丝”作出西洋画来，您会不会觉得新鲜呢?咱们这就去看看。

老毕最早是上海港机厂的宣传干部，又借调到局机关工会任专职美工师，后到远东出版社搞书籍装帧工作。1993年进东方电视台当美术编辑后，成功设计了东方电视台台标、上海有线台台标及CI形象，还成功设计了上海第一届东亚运动会奖杯、奖牌、名册、证书等，在上海艺术界开始崭露头角。而只有当他在绘画过程中探索到用废弃的棉纱来创作回丝画时，他才找到了他的最爱。

在他12平方米的工作室里面，堆放着结存多年的大量各种彩色棉纱（回丝），这是他长期以来从同事、亲友那里收集而来的绘画材料，还有一小部分是网购来的。

据老毕介绍，棉纱画属于绘画中的综合材料艺术，也属纤维艺术类，它没有污染，没有味道，很环保的绿色材料。而纤维艺术最初发源于上世纪50年代的瑞士洛桑，正是从那里点燃了纤维艺术最初的薪火，开创了世界纤维艺术的新视野。由于纤维材料质地本身所具有的物理性与化学性，又使纤维艺术作品具有御寒、保暖、防潮、吸光、隔音等功能效用和独特机理效果，因此它在触觉与视觉、形式与内容等方面不断给观者以全新的审美体验。正如前苏联功勋艺术家基维堪达雷里所说："现代纤维艺术效果用笔和纸是难以描绘的。"

老毕说："我选用棉丝，是因为棉丝本身是原材料，它的形成是原生态的、抽象的，既写实，又神秘，而我用的绘画材料是原材料，我捕捉的时间和运动是原状态。我将它们变成原生态，它有生命，只是这个生命被瞬间凝固了。

我问起毕勤朴用纤维回丝作画的动机，这个当初以平面设计艺术在画坛起步、有自己独特想法的画家说，十几年前他还是电视台的美术编辑，当别人都在用画笔在画布上恣意纵横创作油画和国画时，他不想再重复走前人之路。于是他独辟一径，开始尝试用彩色棉纱创作，虽是业余爱好，但他却非常投入，他使用的是西画的技法，但取材却极具中国元素。他对我说，老话说，拾起是艺术，扔掉的不是艺术。这些不起眼的棉纱，在他眼中就是宝贝，它能经得起时间的考验，就如在丝绸之路上出土的那些丝绸布料，历经千年，仍色彩斑斓，永不掉色。

他给我看了那幅早期的回丝画作品《秦俑》。西安的兵马俑在

1974年出土时，据说还是彩色的，为此，这幅《秦俑》就是表现兵马俑刚出土的那一个瞬间，而这幅画无论从明暗的处理还是脸部色块的过渡都让人从西洋画的处理手法中体会到极强的立体感。很有肌理感，但凑近一看你才会发现，原来整幅画的每一个细节都是用一团团的棉纱铺垫而成的。在此之后，他创作了一批回丝画作品，有以春夏秋冬四季为主题的系列作品，也有以中国传统元素为内容的各种作品。他的回丝画以棉织品的肌理与创作的绘画语言完美结合，逐渐形成一种新颖独特的绘画语言和艺术视觉，有极强的艺术表现力，用不同的色块构成了一块块瑰丽的画面，充满激情的艺术享受，得到了国内外艺术机构的称赞。

到了2011年，他的作品《水乡》入选当年第六届上海美术大展，这是他在创作路上的一大突破，作为绘画中原来不登大雅之堂的回丝画（现正式属于绘画中综合材料纤维艺术类别），第一次正式得到了上海美术界的认可，从而走进了中国画界重镇上海这扇正宗艺术殿堂之门。

2012年，在云集了全市500万职工中的众多高手的上海市职工"巧手赞和谐"文化艺术展中，在各种兴趣爱好类作品（如刺绣、剪纸、雕刻等），岗位技能类作品（如礼品包装、产品摆设等），低碳环保类作品（如艺术拼布、手工编织等）中，他代表上海文广集团工会参选的回丝画作品《民居》获得了评委会一致好评，最后脱颖而出获得优秀奖。

## 走出国门亮相世界

作为上海500万名职工中能工巧匠的代表，毕勤朴独具一格的作品曾多次走出国门亮相世界，为上海职工争得了荣誉。

他的棉丝画作品《年年有鱼》在1984—1985年曾代表上海职工艺术参加上海友好城市美术作品巡回展，在德国、日本、荷兰、美国展出，受到好评。1986年他的雕塑作品《白鸟》又获日本大阪城市国际雕塑展优秀作品奖。

2004年他双喜临门，回丝画作品《岁岁平安》参加法国卢浮宫艺术沙龙，这是他的作品首次走进世界艺术殿堂之门。展出期间，他的作品深受欢迎，一位法国知名女画家在回丝画作品《岁岁平安》前流连忘返，不肯离去，最后跟他提出是否能用她的作品和这幅画物物相易，还邀请他到她展出的画作前参观并任选几幅。虽然最终没交换成功，可他没想到原来艺术是不分国界的，如此相通，从而更坚定了他创作回丝画的信心。

《和谐之韵》

2004年10月，法国总统希拉克来中国主持法中文化年的开幕，随后到上海访问，上海中外文化艺术交流协会要送一份礼品给希拉克，把这个设计任务交给了他。

送给总统的礼品，该是什么样子的呢？有一天他看到路边摆出的鸡蛋摊，灵机一动，立即想到鸡蛋是一个很好的造型，2005年是中法文化年，又适逢中国鸡年，这二鸡相遇乃是机遇也。

于是一款很有创意的工艺品产生了。它的外形是一个蛋型，在一个透明水晶球里有一个镶银圈的蛋黄，蛋黄正面，是一只引吭高歌的法国吉祥物——高卢雄鸡；另一面，是一只温良的中国母鸡，它代表了海洋文化和大陆文化的拥抱和中法两国文化的融合，浑圆的鸡蛋造型寓意着星球上人类的相互包容和交流，所以取谐音被命名为“机遇”。

而后在2004年法国卢浮宫艺术沙龙开幕式上，这一款名为“机遇”的工艺品，散发出时尚风采和美好寓意，整个工艺品的造型浑朴又时尚。更可贵的是，“机遇”的外包装，采用了中国明代的提梁盒造型，而提梁盒使用了名贵的紫檀木，盒面上，采用汉印镌刻、篆书体格、草书风范的“机遇”两字，显得庄重而极富中国韵味，整个工艺品内在的时尚感和现代感同外在的古典气质相得益彰。成为全场最耀眼的明星，立刻引起轰动。这件珍贵礼品赠送给希拉克总统，表达了中国人民对中法友谊的“黄金机遇”充满信心。希拉克也盛赞这件艺术品非常漂亮，充满东方神韵。

2009年他的回丝画作品《红鲤鱼》和《古巷》又参加了2009上海国际创意产业活动周，回丝画这种“匠心独具”的创意设计画作，在展会上又一次惊艳全场，博得中外来宾的好评。

## 放得下东西盛得了古今

老毕创作回丝画已经有30年了，而作品只有50多幅，他定位“慢”艺术，自嘲是慢工出细活。他认为“慢”艺术，首先指称的是一种心境。代表了一种对自己事业的忠诚与热爱。“慢”艺术，是一种对艺术语言的淬炼。是一种像农民般素朴的日复一日的劳动精神。“慢”艺术，代表了对艺术的高贵性与经典性的敬畏。是一种对于艺术的经典性与永恒性的虔诚信仰与永恒追求。

业内人士评价老毕的回丝画用的是油画的技法，但取材却极具中国元素，且一丝不苟，精心制作，他的作品能“放得下‘东’‘西’，盛得了‘古’‘今’”。

何谓“放得下‘东’‘西’”？因为回丝画在西方当代艺术中属于纤维艺术一类，最早诞生在上世纪50年代的瑞士洛桑，而它的前身就是欧洲的地毯艺术，是美国人最先提出来叫纤维艺术。在中国由于把不登大雅之堂的废弃的棉纱当成材料来绘画，这是一条不为人理解、常人不敢尝试的新艺术之路。而老毕就是用“东”方的中国棉纱，做出一幅幅如“西”式版画般厚重、油画般艳丽的艺术作品。他的每幅回丝画要做3个月左右，好在他有油画的功底、创意设计的理念。于是，回丝在他手中成了神来之物，他利用回丝自身的曲、直、回、旋的特性，结合棉纱与纤维板的粘合原理，经营出他的艺术世界。也许只有他自己认识到这一材料和语言所具有的表现意义是独一无二的，棉纱不吸光，它以独特的质地展现色彩斑斓的世界，层次分明，错落有致，从而形成一种锐意创新的艺术作品，一个具有新意的个人化色调的浓烈画风，让这个回丝画新画种更加引人注目。

而盛得了“古”“今”的创作理念，在他的画作中比比皆是。综观他的50多幅画作，有以《春天融雪》《夏天荷塘》《秋天五彩》《冬天梧桐》四季为主题的系列作品，也有以中国元素为内容的各种作品，如以中国红系列为主色调的作品《鸿运高照》《金龙鱼》《红鲤鱼》中，画面充溢了喜气的洋红色，一种生机勃勃的景象给人留下很深的印象。而在青色系列为主色调的作品《青花瓷》《青苹果》《青铜器》《青铜韵》《青花岁平》到他的那幅走进世界艺术殿堂卢浮宫的作品《岁岁平安》，画面上一地的青花碎瓷都用绵软的棉纱铺陈出了一种历史的厚重与庄严。这些看似只是一些经历了风雨沧桑的年代器具，但内中的涵义之深，只有熟睹中国文化内涵的人才能知晓。因为从中国的谐音来说，打碎杯子，老人会说一句讨口彩的话，岁岁平安。意即打碎杯子也能化险为安，寄托国人希翼一生平安无事的人生要求。

《岁岁平安》

他的作品还爱用结构造型的不对称来体现生命的律动与激情。如参加2008上海国际艺术博览会的作品《和谐之音》中，大红的琵琶、嫩绿的荷叶、粉红的荷花、黄色的祥云、棕褐色的扇子，在背景中更为突出醒目，整个画面结构造型的不对称，洋溢着生命的律动与激情。在《年年有鱼》中，“年年有鱼”四个大写的中国字在层叠的画面中时隐时现，具有中国传统文化繁复的传承意义。而那些影影绰绰的图像流动，好像是在诉说一个个过去的故事，承载浓厚的记忆，将他个性化地诠释，与历史穿插交错，让时空重叠，让观众感受中国传统文化的智慧。

老毕谦虚地称自己只是一个“现代民间艺人”，但支持他的动力就是民族的文化不但要传承，更需要创新。

从医生到导演，中间的距离有多远？

# 一个医生导演的酸甜苦辣

文/曹钟强

我从医生起步，跨过作家，编剧，成为导演，每每跨一步，都会面临一个内在的耐力和外部的压力。先说内在的压力吧，我行吗？因为这些很专业的领域，光靠兴趣，仅凭爱好，只是喜欢，那显然是不行的，它需要足够的耐力，去克服在跨界过程中重重困惑、种种难题，尤其是导演这活，它不仅要有专业艺术的要求，而且还要有带领团队齐心协力、完成艺术作品的能力。再说外部的压力，那就是会遇上好多人怀疑，甚至不信任、不配合，当然，还不乏有意“阻拦”你的热心人士。

## 展示手术室的戏真难拍

手术室是医院最重要的诊疗区域，是救死扶伤的神圣场所。因此，它不仅对设备有要求，对环境有要求，对入室的人员更有要求。特别要求的就是无菌概念。因而，执导手术室的戏少不了展示这个特征。

对于那些经常出入手术室的医务人员而言，如何保持无菌的概念已经不是问题，但要是在镜头中真实展示开来，用镜头语言告诉大家却不是一件容易的事。就好比把原本能够一气呵成的事，现在突出重点，步步分解，有时候还有点手忙脚乱。

最简单的就是医务人员进手术室后洗手，穿手术衣，带手套。这些司空见惯的事，在平时是实在不值得一提，可如今是在镜头面前放大，稍许有点不规范就可能遭到同行的批评。但如果完全按照平时这样细细分解，那又不符合电影语言表述，否则，观众光看完这些步骤就需要好几分钟，他们一定误以为这不是故事片，而是科教片。怎么办啊？那就需要突出重点，设计画面，关键步骤一个不漏，每个步骤只留一个画面，但景别却既有全景，又有中景，还有特写，尽可能用丰富的镜头语言来展示这些操作，让观众看了有新鲜感，还有冲击感，一句话就是寓教于乐。

话这么说，但做起来却不容易，究竟如何选择哪个点，应用哪个镜头展示？那还需要事先考虑周全，做到心中有数。为此，在导演电影《医缘》时，我就先带影片中韵霞的扮演者进手术室，让她先按照手术室的规范要求来回操练，从中考虑如何用镜头语言来艺术表现。几次反复，在正式拍摄时就有了预案，那场戏拍了几次就过了。原本以为这样应该满意了，可是，当电影在大银幕上放映时又发现不少遗憾，觉得还可以改进画面。因此，在这次执导新电影《金蝴蝶梦》时，拍摄相似场景画面又作了相应改进，努力追求医学的准确外，还要力求景别的美感，推，拉，移，摇，升与降尽可能交叠出现。现在影片已经拍摄完毕了，在当时感觉似乎认为不错了，但回头细细一想，又发现不少遗憾，哎，艺术追求无止境。

在生活中，有不少人一直担心：一个手术下来会不会有手术器械少一把，原来是遗漏在病人腹腔内。其实，这种可能性实在太小。为什么啊？如何保证手术器械不遗漏在病人体内？光靠医务人员认真两字还远远不够，还需要制度保障，这个制度就是术前和术后清点器械。在电影里当然要展示这个细节，但如何更艺术地展示又是一个问题。好在摄影师的努力下，这次采用从上摇到下，从护士一丝不苟的脸部在清点器械的同期声中缓缓摇到护士有条不紊清点器械的手，增加动感，不失美感。

## 医生导演“医闹戏”

医生导演“医闹戏”，这句话咋听起来耸人听闻。不会吧，要不就是这位医生和医院领导关系很僵硬，要不就是这位医生和科室N位同事翻脸了，要不就是他的家人在医院受到极大委屈了，或者……总之，这位医生已经脱去白大褂准备“豁”出去了。要知道，医生导演“医闹戏”，这可是冒天下之大不韪呀！不过，不要浮想联翩，这里所说的医生导演“医闹戏”可是电影《医缘》拍摄过程中的一个趣闻。

首部全景展示手术室的电影《医缘》里面有这么一场重头戏，那就是空巢老人冯冯在家患急性胆囊炎，诱发感染性休克，而他的儿子冯啸不顾他的死活，依然沉迷在麻将台上，延缓了救治时间。结果，手术后并发肺部感染而一路西走，导致医患之间纠纷。不料，这纠纷被医闹钱来来所利用，爆发出激烈的冲突，并伤害了韵霞医生。但医务人员始终以救死扶伤为宗旨，克制、冷静、温暖、关爱，一一化解医患纠纷。那场“医闹戏”是被安排在市六医院东院的门诊大厅拍摄，参与拍摄的专业演员，群众演员和工作人员一共加起来多达上百人，所准备的摄影器材，道具也是满满装载几车，但为了不影响门诊正常工作安排，所以拍摄时间限定在星期天下午这段时间内。人员多、分工杂、场面大、角度多、时间紧、戏份重是这场“医闹戏”的特点。

在拍摄之前，剧组就反反复复观察现场，考虑机位，设计“医闹”演员的游行线路，医务人员的部署，主要演员的站位，同时，为了减少不必要麻烦，还及时与院方进行沟通。好在院方给予很大帮助，让原本拍摄难度特别大的场地安排解决了，并给予必要的人员支持。

拍摄那天，作为医生，也是这部电影的编剧、导演的我，带着摄制队伍先前来到拍摄现场再次确定“医闹”

演员。等到演员们纷至沓来时，心里似乎有了导演这场戏的预案。

岂料，等到走戏时就发现困难层出不穷了，要知道参演“医闹”的群众演员基本都是首次“触电”，看见摄影师这么认真就位，发现灯光师这么忙碌，见到录音师这么全神贯注，遇见现场导演这么来回指导，自己还要举着横幅和标语，跟着自己早就熟悉的老资格演员涌进医院门诊大厅，其表情不是怒气冲冲，而是心花怒放，嘻哈哈走进大厅，像是来旅游一样，让辛辛苦苦准备良久的摄制组有苦难言。这时候，我就来到他们面前，给他们仔细讲戏，告诉他们这不是旅游购物，这是闹事闹心。

好不容易让参演“医闹”演员们领会剧情要求了，场记打板了，“医闹戏”开拍了，这几十号“医闹”演员在专业演员的带领下“气势汹汹”高举横幅和标语，高喊口号，冲进门诊大厅和医院保安发生“激烈冲突”。此时，大家一定会以为这场戏演得不错，应该过了吧，殊不知，我通过监视器突然发现在护士台扮演护士的群众演员看着“医闹事件”居然忍俊不止。这下我急了，立刻叫停，走到她面前，告诉她：“这是让你演戏，不是让你看戏，你这一笑，把全场气氛给毁了。”

就这样反复拍了几条，全景的场面算是过了，接下来就是要拍专业演员之间的对词画面了，到底是专业的，又是资深演员，所以台词对得非常流畅，特别精彩，此时已经暮色降临，这场戏应该可以顺利过了吧。此刻，我又忽然发现在旁帮衬的群众演员站位又错了，和全景场面的站位两样，于是，不得不重新让他们换位，重新拍摄。

暮色越来越浓，演员们也相当疲劳了，但这场重头戏的拍摄还算顺利结束时，大家流露出的不是倦意，而是兴奋，因为大家完成的是温情化解医患纠纷的序幕。

## 站在医生的角度体会导演甘苦

影片《医缘》的内容来自于真实的临床第一线，其中，包括我本人一年要给成百上千的病人上麻醉，还要参与各种各样惊险抢救，而且还要耳闻目睹同仁们不顾风雨交加，不顾早出晚归，为病人承担惊心动魄的风险，承受难以言喻的困苦。我始终认为：把这一切真实告诉大家，让大家对医务人员有更多的理解和支持，是相当必要的，由此，我就有了运用电影来告诉大家的切实动力。

曹钟强给演员说戏

不过，等到影片正式开拍时的所见所闻，立刻让我意识到光靠动力是远远不够的，好多原本发生在手术室里习以为常的事一旦到了用艺术的画面来渲染就立马遇到困惑。记得有一年冬天，一位从外院急诊转来的危重病人，他因为气管切开出血，需要立刻救治。可病人情绪烦躁，拼命挣扎，全身情况极度虚弱，待医护人员好不容易让他安静下来，可他的生命体征已急转直下，不及时止血，患者随时可能面临死亡。

病情就是命令，时间就是生命，手术刻不容缓！病人立即被送入手术室。然而，已处于严重休克状态的病人，淡漠，烦躁，挣扎交替出现，让病情变得更为复杂，凶险。于是，医护人员先是利用支气管镜引导气管导管重新插入气管，就在这时候，病人不断呛咳，鲜血喷出，溅在参与抢救的医务人员脸上，衣服上，可这时候哪还顾得上脏，更不会在意这鲜血潜在的危害。

终于，气管导管被置入患者气管，手术抢救得以顺利开展，可是事后血液检测报告提示该病人HIV报告显示呈强阳性，具有高度传染性。这故事既展现了医务人员救死扶伤的艰辛，也体现了医务人员恪守岗位的风险。鉴于类似的抢救还有许多，影片就选择还原这一感人场景。

等到机位架好了，灯光布置好了，全场进入拍摄状态了，可手术台上的演员却始终演不出病人情绪烦躁，不时挣扎，全身情况极度虚弱的状态，让所有在场工作人员为之焦急，这怎么办啊？如果勉勉强强让这条片子过，那怎么能够真正展现医务人员抢救的惊险！如果不让这条片子过，那台上的演员实在找不到处于严重休克状态的病人感觉，连一旁参与拍摄的医务人员都一筹莫展。这如何是好？我也上去几次给这位演员讲戏，结果他演出来的戏依然不是下肢僵硬，就是上肢无力，根本看不出这是一位烦躁，挣扎的危重病人，结果导致旁边参与演戏的医务人员情绪渐渐低落。

眼看时间在流逝，参与拍摄的工作人员一遍又一遍白白辛苦，再这样下去，这条片子是肯定不能再拍了。正当全场工作人员陷入困境时，我好像突然来了灵感。于是，上前就给那位演员讲："你待会再拍的时候不要当是演戏，你就拼命下这张手术台就可以了。"然后，我对在旁参与拍摄的医务人员说："待会当他想拼命挣扎下手术台时，你们就拼命按住他，不让他下这张手术台就行了。"果然，这招真的见效了，在场记的打板后，影片再次拍摄，那位手术台上的"病人"要拼命挣扎下手术台，旁边医务人员一边安慰他，一边使劲按住他。结果，那条片子一遍就过。事后，在观看样片时，电影专业人士都评价这条片子画面冲击力强。

## 电影补拍自有苦和乐

尽管电影《医缘》和《金蝴蝶梦》都是严格按照剧本拍摄，尽管拍摄安排是根据统筹周密计划，尽管每拍一个场景都是反反复复拍摄，按理到了后期剪辑是不需要再补拍的。可是，等我们到把影片素材完整输送进机房，把毛片剪出来后就会遗憾发现如果再加上几个画面就能使影片节奏更加流畅，画面更加美观，景别更加多样。这时候面临的问题就是需要补拍几个电影画面。

“补拍”尽管只有两个字，可真的要实施却不是容易的事，因为此时剧组已经解散，演员已经各忙各的，场地已经变化，怎么办？更现实的是要重新招来摄影师、要重新租赁摄影器材、要重新组合摄制队伍，哪怕补拍后实际用上的只有三秒左右的画面，这个基本组合缺不了。如果是一时难以寻觅的拍摄机会，一旦苦苦等到了，需要补拍时，摄影师不一定有空，摄制队伍不一定能够立刻组合起来。特别现实的问题就是补拍时依然需要拍摄资金，这是一笔不小的开支。因此，影片通常可以不补拍就不补拍了。可当时我和剪辑师在机房里剪辑时就深深感到，这几个补拍画面省不了。比如，电影《医缘》是全景展示手术室的电影，自然要展示手术真实画面。此外，飞机起降画面也需要补拍。这就让我陷入困境，反复琢磨怎么补拍。

好在我在担任上海电视台特约记者时在摄影摄像方面努力过，拍摄一般要求的画面自己能够胜任，这就有可能不再劳驾其他摄影师来补拍了，而且可以随时随地去拍摄。况且我本来还是一名麻醉医生，常年在手术室工作，了解手术室无菌的要求，拍摄手术真实画面还是有机会实现的。

于是，我就带着摄影器材回到自己工作的华东医院手术室，按照电影所需的补拍画面自己来拍摄。尤其是手术室医生护士知道我的来意后，更是全力提供方便，全力提供拍摄现场，使整个补拍手术真实画面来得比预想的顺利很多。然而，补拍飞机起降画面那就困难重重了。

要知道，对于一个普普通通的工作人员，飞机是不能随便上的，机舱内也不是可以随便拍摄的，更何况是要拍摄电影画面，它有很高的专业要求，不仅体现在画面的美观，还要对光线有严格要求，此外，还要求画面清晰，稳定。这些谈何容易。好多次进入飞机后，待到飞机起降时，发现自己所在角度不好，拍出的效果不理想。在平时拍戏时，我们遇到类似情况可以让演员重新来一遍，重新拍摄一遍。现在可是在机舱内拍摄飞机起降，而大客机是不可能随随便便重新来

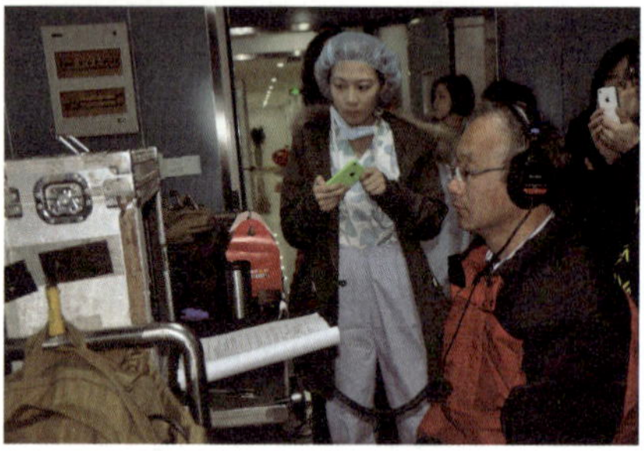

曹钟强工作照

一次起降的，更不可能在起降过程中来一次中途暂停。如果这样，其他乘客说不定一怒之下把我的摄影器材扔了。因此，只能一次又一次遗憾放弃。

有几次，发现自己的角度选好了，飞机也隆隆上了天空，自己也完全做好拍摄准备了，却发现天气不理想，缺少云彩的瑰丽，又只能很不情愿作罢。

功夫不负有心人，就在一次飞机从腾冲飞昆明的起降过程中我惊讶发现，这时候不仅机位好，而且蓝天彩云，非常好看，更让人兴奋的是，那一刻晚霞的霞光正好晒在机翼上，场景特别柔和。这真是难得一逢的好机会，我毫不犹豫按下按钮，把这一刻画面稳稳地拍摄下来。回到上海后，我立刻把画面送进机房仔细观摩，哈！还真的不错。于是，立马把它用到影片里面，让影片的画面空间感顿时大大增强了。

## 医生导演的“课外作业”

一部电影的演职人员纷繁复杂，导演处理好与他们的关系影响到整个影片的运作，还会波及到影片的制作成本。

医生与导演，在感觉上就好像很遥远，真的做起来感受更遥远，不是一步之遥，而是一百步之遥。但为了节省电影的制作成本，我不得不一边学习，一边锻炼，尽可能做好这门“课外作业”，其中的辛酸苦辣真是一言难尽。

首先是面对众多的演职人员，在他们中，有执行导演，副导演；还有摄影，摄影助理；有录音师，化妆，还有美工，剧务。但更令人眼花缭乱的是众多演员，有女一号韵霞，男一号李晓强，自然还有女二号，男二号，当然，还有许多扮演各种角色的群众演员。初一接触，还真的毫无头绪，如果只能选用一个字来确切描述这个“课外作业”的感受，我觉得选“烦”这个字最贴切。好在医生这个工作整天面对的就是不同地域，不同性格，不同疾病的人，深深懂得如果要与他们相处好，第一要做到的就是尊重他们，倾听他们的诉述。这是人与人友好相处必须遵循的准则。有了做医生的体会，推而广之，与众多演职人员打交道就好多了，尽管他们知道我是初出茅庐，但也相当配合。当然，有过上海电视台特约记者的经历，有一点执导宣传片的经验，这就促使我在执导电影《医缘》时奉行一个原则：在运作过程中要考虑周到，信守约定。

不过，这还远远不是步履维艰的全部，烦恼的事还多着呢。制作成本是影响影片质量的重要因素，核算好制作成本是保证影片顺利制作的关键一步。可核算影片成本对于医生来说，那是既陌生又棘手，刚刚开始就捉襟见肘。要知道，在平时我们为病人治疗核算成本还比较熟悉，用什么药，做什么检查还心中有数，但对于选用什么型号摄影机，是否采用大摇臂，铺不铺轨道，要采用多少工作人员，这都是一个一个问号，让我感到困难重重。怎么办？那就虚心请教，点滴积累。估计好整个影片的大概拍摄周期，预订好多少摄影器材，估算好由此而产生的制作费用，一点一点地谨慎实施。

尽管有了这些准备，但在实施的过程中，依然困难重重，因为电影《医缘》拍摄的是医疗题材，需要涉及许多医疗用品。比如白大褂，由于影片中描述的是东华医院场景，而实拍地点却在华东医院，演员穿的白大褂如果由华东医院提供，那白大褂清晰印着的是“华东医院”四个字，虽然和东华医院只有前面两个字的次序变化，可在白大褂上的名称如果不改过来，那会让观众如入五里云雾之中，幸亏在开拍之前想到这个“严重问题”，让我在担忧同时觉得还来得及修正，于是，找到总务处领导，与他们商量重新赶制一批无字样的白大褂，配以“东华医院”胸卡，赶在开拍之前运到剧组。

此波刚息，彼波又起，开机了，而且拍得很顺利，影片的二次创作完成了，但公映的影片还必须依赖后期的第三次创作。后期制作对于整个影片的成功起着至关重要的作用，尤其是现场拍摄的画面与将来特技制作的完美结合，事先如有良好沟通，那会起到事半功倍的效果；否则，不仅会影响后期制作周期，而且还会增加后期制作经费。这个问题如何解决，对于一个医生而言，又是处处迷惑。此刻，有幸得到影视界许多老师热忱引荐，提前联系到技术力量上乘，制作水准精湛的制作公司，这才让我如释重负。

## 导演电影的收获

经历电影《医缘》和《金蝴蝶梦》的导演，我觉得坚持特别重要，记得两年前在窗前偶见蓝天里片片白云，景色特美，一直希望把此美景放入影片中，便天天在窗前等候，结果一等就是一年多，就在我那天准备去上班时，美景再次展现，于是，我毫不犹豫拍摄入下来，晚上把画面送入机房剪辑，果然获得意想不到的效果。执导影片最大的收获就是增加了朋友之间的友谊和信任，比如张宪宁、蔡新明和苏叶新他们都是倾力支持，让原本影片艰难拍摄悄然变为顺利进展。此外，还有艺术业上的历练。具体地讲：这过程让我知道作为一个导演，首先要通读剧本内容，明确剧本定位，挖掘剧中的重头戏和闪亮点，熟悉演员职责。其次要完善剧本，开始电影二度创作。再次是发现演员优点，知道演员缺点，在导戏时要张扬演员优点，掩饰演员缺点。此外，还要协调角色的分配。最后在后期制作时完成电影的三度创作。要知道，剧本是一剧之本，导演是剧本推手，演员让剧本华丽出彩，演职人员让剧本锦上添花。这些既是体会，也是心得，更是收获，一个从医生跨界到电影导演的收获。

他用剪刀不断地剪碎一个个方寸世界，又用灵感和审美的创造力在方寸之外，再塑艺术新天地。

# 醉心方寸山花开

## ——韩荣庆和他的邮票拼贴画

文 / 畦　阳

一顶绛红色八角帽，一副金丝边眼镜，一身复古盘扣棉衣……冬日的阳光透过窗棂照进画室，勾勒出一个精神矍铄的艺术老人的身影。

此刻，镇江市民间文艺家联谊会副主席、国家“一级民间工艺美术家”、高级工艺美术师韩荣庆，正全神贯注地为新作《高瞻远瞩》羊年生肖邮票拼贴画（以下简称邮贴画）进行最后的装裱。

画中的北山羊，沐浴金光，立于山崖，弯曲身体，眺望远方，额头上的一对犄角壮硕无比，充满力量与生气。在北山羊立足的悬崖下方，一缕翠绿的野草，透出春天的信息……

为创作这幅作品，韩荣庆费时2个多月，用了150多张邮票。大千世界，羊有多种，之所以选择北山羊为创作的主角，韩荣庆的动因是，北山羊性格坚强，勇于登高，乐于望远。他想藉此寓意，祝福人们在羊年里“站得更高，看得更远”！

## 梦生方寸

时光穿越到34年前——1981年8月的夏夜，暑气漫天，风卷热浪。

时年37岁的韩荣庆，从丹阳供销总社下班，吃好晚饭，就把自己关进客厅。他以茶几为工作台，时而伏案挑选邮票剪裁成色块，时而夹取邮票碎片对着画稿比照。一方茶几，不见一件茶具，满眼皆是花花绿绿的邮票。门窗紧闭，风扇静止，燥热的空气在房间里肆意蒸腾。

妻子几次走近，见他的衣服汗涔涔地贴在身上，免不了“心疼”道：“歇一歇，开开电风扇吧。”“不行。开了电风扇，这一桌子的邮票可得跳舞了！”韩荣庆的回答既风趣又坚定，手中的活计一刻也不放松。

从少年时代就开始集邮的韩荣庆，彼时已是丹阳市邮协副会长。他迷集邮，亦痴绘画。随着藏邮的增多，一些缺齿少角、背面揭薄的邮票也不断增多，犹如鸡肋，藏之无用，弃之可惜。如何将这些残次票变废为宝？如何将集邮与绘画两种爱好熔于一炉？他从民间布贴画、麦秸画中找到了启示：既然布头、麦秸能拼贴成画，颜色鲜艳、质地精良的邮票拼贴起来，岂不更美！

奇想，萌发！从此，韩荣庆专攻邮贴画，在绘画与邮艺的崎岖山路上跋涉。

1981年，韩荣庆凭着扎实的绘画基础，试着构思创作了《国徽》《群奔马》等3幅邮贴画。为了在拼贴画上突出邮票的特征，剪贴每一个碎片时，他都尽可能保留邮票上的面值、文字、齿孔、图案、邮戳。在1983年举办的江苏省首届集邮展览上，韩荣庆的3幅邮贴画均入选参展，颇受邮迷喜爱；连国际知名集邮家马任全先生也不吝赞叹，托人请韩荣庆赶制了一幅予以珍藏。

首展归来，韩荣庆又以当时发行的T84《西厢记》4枚邮票图稿为蓝本，花了3个月时间，精心拼贴了《惊艳》《听琴》《佳期》《长亭》4幅画。当时，他只感觉比以前设计得更好看了，但到底专家们意见如何，他心里也没底。

1984年，韩荣庆趁着去北京出差的机会，将这组作品直接送至《集邮》杂志社。当时的主编姚振亚看后，当场拍板决定录用。

在同年出版的第8期《集邮》杂志封底，我们能欣赏到这组作品：一枚枚邮票形成了斑斓的古典时空，莺莺、张生、红娘等人物借着邮票的丰富肌理，活灵活现，栩栩如生。

此后，韩荣庆陆续创作了邮贴画近200幅，有30多幅发表在各类报纸杂志上，一些作品还被纪念馆、博物馆和中外知名人士收藏。其中，《温总理情系汶川地震灾区》《开国宣言》《祖国颂》《莺歌燕舞》《龙腾》《中国金鱼》《长城》《花好月圆》等是他的得意之作。

《祖国颂》讴歌了祖国的繁荣昌盛，这幅高65厘米、宽40厘米的邮贴画，共耗时4个月，用去邮票800多枚。《龙腾》是一幅大型邮贴画，寓意中华民族如巨龙腾飞，此画用去1000多枚邮票，剪裁出近30000个碎片，有的细如发丝，有的比芝麻还小。1998年，《龙腾》获得“98中国首届国际民间艺术博览会金奖”。

## 雪霁云散

邮贴画，制作工艺复杂，费工耗时。创作一幅邮贴画，首先要设计图稿，再根据图案配色，将邮票剪成各种小碎片，然后拼贴，最后一道工序是装裱。

据了解，我国在20世纪20年代就曾有人用邮票贴画。但真正见过邮贴画“庐山真颜”的人并不多。有着50多年集邮史的韩荣庆，从未想过自己会成为一名邮贴画艺术家。这是一门介于绘画艺术和集邮之间的民间艺术新门类，它需要创作者有足够的耐心与定力，因为完成一幅作品短则需数月，长则需跨年。

1984年，随着邮贴组画《西厢记》的公开发表，邮差成了韩荣庆家的“常客”。一段时间里，来自全国各地的信件如雪花般纷飞而至，有祝贺信，有请教信，也有质疑信。

“当时，国内见过邮贴画的人不多。有些人不理解我的创作，甚至认为我是在破坏邮票。”韩荣庆告诉笔者，他和家人都料想不到创作初期的微小收获，竟能把他推到舆论的风口浪尖。

曾有人在权威杂志上撰文抨击，这是在糟蹋珍贵的邮票艺术。也有人公开指责，邮贴画不该被称为“艺术”。并不无好意地“规劝”韩荣庆，应该悬崖勒马，将拼贴所用的邮票送给青少年去集邮。

而邮贴画这门艺术究竟归属何方，当时也无定论！集邮界认为这是书画艺术，书画界认为这是另类艺术。

韩荣庆出身于书香门第，从小就是一个性格沉稳、意志坚定的人。正是由于孩提时代培养出的好静善思的习惯，当丰满的理想“遭遇”骨感的现实时，他心无旁骛，保有淡定，依旧白天笑嘻嘻地上班，晚上在邮票之中寻找“乱趣”。

他用剪刀不断地剪碎一个个方寸世界，又用灵感和审美的创造力在方寸之外，再塑艺术新天地。“我喜欢（邮贴画），最重要！”谈起初衷，他语气中颇有“走自己的路，让别人去说”的潇洒。

1984年8月26日，韩荣庆收到了一封来自瑞士的信件。寄信人在信的开头诙谐地写道：“当你收到这封来自西欧的怪信，一定惊奇：是何方怪客？”谜底揭晓，原来这个“怪客”是国际知名集邮家、剪邮画大师薛少棠先生。

信中，薛少棠在鼓励之余，还对韩荣庆的作品进行了点拨：细如人物眉眼、轮廓线条等，也要以邮票来拼贴，勿用手绘。频繁的鱼雁往来、邮贴画照片的传递、录音磁带的原声交流，为韩荣庆打开了艺术创作的另一扇窗，使他胸中块垒顿消，思路豁然开朗。此后，韩荣庆的作品就全部用邮票进行制作，包括工笔画中的轮廓勾线、人物眉眼、文字题款等等；底板采用三合板，并施以装裱绢绫的办法。

1986年10月28日，薛少棠致信韩荣庆：“我一生未收过徒弟，你是唯一。多年只看中你一人，你有此才华，是可造之玉，望你好自学之，不失我所望。”

是年11月20日，薛少棠专程从瑞士赶到江苏丹阳，收韩荣庆为开门弟子。“人家是上门拜师，我是上门收徒。”“在国外，有不少人向我学，我不表态，我要将技艺传给中国人。”拜师宴上，薛少棠谈笑风生。从无名无派到师出有门，韩荣庆的邮贴画之路，不再是孤舟独桨、行路多舛，而是大师领路、步入佳境。

## 花开指间

对于韩荣庆来说，邮贴画如今已是他生命中不可或缺的重要部分。经过几十年的钻研与实践，他已摸索出将水墨写意画、工笔画、油画、装饰画、素描等多种表现风格融为一体的邮贴画技艺。他在制作《南朝石刻》邮贴画时，从西画素描中汲取养分，用同种单色邮票

《西厢记—佳期》

（面值1元的《长江三峡》邮票），分解出浓淡不同的色块，既体现了天禄的石质感，又在明暗对比中展现出石兽的立体效果和古朴雄浑。

2008年，四川汶川发生地震。看到电视上播报的一幕幕灾情，韩荣庆泪流不止，心里更是产生一股强烈的冲动——他要用邮票，创作出一件反映汶川大地震这一世纪灾难的作品。为此，他冥思苦想，寻找最佳创作角度和题材。

是年6月，他从一张新闻图片中找到了灵感。这张照片记录的是，时任国务院总理的温家宝同志于2008年5月15日视察青川县木鱼镇地震灾区的画面。虽然只是一个瞬间，但照片充分表达了国家领导人忧国忧民的情怀，更显示出灾难面前举国上下众志成城抗灾救灾的坚强决心。

据此，韩荣庆历时3个月，使用《龙门石窟》等3种邮票共100多枚，创作完成了邮贴画《温总理情系汶川地震灾区》。画面中，温总理双手合握，高高举过头顶，表情凝重。远观之，人物传神；近察之，邮票踪迹处处可见，就连“中国邮政”的字样也非常清晰。让人难以置信的是，人物衣服的细边，也是以邮票剪成的细丝拼贴而成。

在作品的表现手法上，韩荣庆采用西洋画与国画相结合的方式。他根据光线的照射原理，突出了人物脸部和手臂上的明暗，使立体感倍增；而人物轮廓和衣服边幅则采取中国画的工笔线描技法。

2009年，《温总理情系汶川地震灾区》获得了中国民间文艺最高奖——山花奖。“山花奖”是由中国文联和中国民间文艺家协会联合主办的综合性民间文艺大奖，与电影“百花奖”、戏曲“梅花奖”等同属政府最高奖。

《开国宣言》则是韩荣庆邮贴画创作中的又一扛鼎之作。画面中，毛泽东主席站在天安门城楼上，向全世界宣告“中华人民共和国成立了”。

创作上，韩荣庆结合了西洋画的素描与中国画的白描等表现手法，用邮票的色彩明暗来展现领袖风采，衬托毛泽东主席的伟大形象。为创作此画，韩荣庆废寝忘食，连续4个月，每天坚持创作10小时左右，共消耗了《民主党派》《龙门石窟》《山水风光》等邮票400余枚。

由此，1949年的历史性时刻，在韩荣庆的邮票碎片“乱而有章”的拼贴中，得以精彩重现。这幅作品创作于新中国成立60周年，命名《开国宣言》，以示庆贺。

在2010年11月第二届东方工艺美术之都博览会上，《开国宣言》一举摘下江苏省工艺美术最高奖——迎春花奖。

属猴的韩荣庆思维敏捷，特立独行。与常人不同的是，他祝贺“喜庆日子”的方式，不是摆酒宴、买鲜花、放鞭炮，而是用心爱的邮票来拼贴画。

蛇年新春来临时，他挑选了10多种邮票，剪碎了100多枚邮票，花了2个月时间，创作了邮贴画《蛇舞新春》，借这幅作品向家乡父老送上新春祝福。

这是一幅精品之作：一条健壮的黄花大蟒蛇，盘绕着绿意浓浓的树枝，金蛇昂首，精神抖擞，仿佛蓄势待发，蛇皮花纹更是刻画入微，黄花蟒蛇的特质凸显淋漓。灿金、暗红、亮绿，作品对色彩的运用，大胆而奔放。作品中邮票的齿孔、分值等特征清晰可见。

2014年，是韩荣庆70周岁大庆之年。他特意为自己制作了一幅邮贴画《灵猴祝寿》，以特殊的方式为自己庆生。这幅作品趣味盎然：一只老猴子抓着一只大桃子，双目注视桃子，若有所思。猴毛质感明显，细观可见一缕缕缤纷的邮票碎片。

“每个人庆祝寿辰都有不同的表现方式，我围绕邮票做文章。”

韩荣庆坦言，《灵猴祝寿》中的老猴子，表现的就是他自己。为创作此画，韩荣庆使用了12种200多枚旧邮票，花了2个多月时间。“猴子抓桃，象征祝寿。我在创作中让猴子的瞳孔下移，表现猴子在沉思，象征自己对走过的70年人生路进行思索与回味。”是年，他还在丹阳市总前委旧址举办了集邮和邮贴画展览。

《中国金鱼》

## 艺传后人

韩荣庆创作的邮贴画在国内独树一帜，其技艺炉火纯青，每一幅作品都具有较强的艺术欣赏价值和较高的收藏价值。

1995年9月，联合国教科文组织和中国民间文艺家协会联合授予韩荣庆“一级民间工艺美术家”荣誉称号。多年来，在各类展（博）览会上，韩荣庆先后获得省以上颁发的金奖12个。

2006年12月，“邮贴画”项目被列入镇江市文广新闻局公布的第一批镇江市级非物质文化遗产项目名录。2010年，韩荣庆作为邮贴画的传承人，被镇江市文广新闻局公布为首批镇江市级非物质文化遗产项目代表性传承人。

2011年11月，韩荣庆被江苏省经信委评为“江苏省工艺美术名人”。

中央电视台特地拍摄了韩荣庆邮贴画专题片。著名学者、中国民间文艺家协会首席顾问贾芝先生给他题词“乱趣”，全国人大原副委员长费孝通先生题词“艺苑新葩”，中国文联时任主席周巍峙题词“审美”。

但年逾古稀的韩荣庆有一个心病：那就是邮贴画艺术后继乏人。现在社会已经接受了邮贴画这门艺术，但要吸引更多的人来传承它，还有一定的距离。他的夙愿是：将这一技艺传给后人，让邮贴画艺术代代相传、生生不息。

令人欣慰的是，女儿韩英成了韩荣庆的开门弟子。

在韩荣庆的眼里，韩英是学习邮贴画的“好材料”。作为南京师范大学美术学教育硕士，韩英有着深厚的美术专业功底；长年在丹阳市教师进修学校任教，职业与专业的高度融合，使韩英的邮贴画创作极具发展潜力。

15年前，正值千禧年，韩荣庆想和女儿合作一幅邮贴画，以迎接新世纪的到来。当时的韩英，还有些抵触这个任务。“制作邮贴画费时费力，对于年轻人来说，很难沉下心来，都亏我爸耐得住性子。”回忆往事，韩英如是说。

韩荣庆教女颇有耐心：先用钝头硬笔将画作临摹到画纸上，再从五颜六色的邮票中找出适合的色块，用眼科小剪刀一小块一小块地剪下来，以小号油画笔轻刷特制浆糊粘贴，细部要借助放大镜检查，对于拼贴不准确的地方要进行微调。

随着时间的推移，画稿中的“凤凰”渐渐有了色彩，有了神韵。韩英感慨，自己竟与父亲合作完成了邮贴画《丹凤朝阳》，已然从邮贴画的欣赏者转型为践行者。

2004年，由韩英设计、父女俩共同制作的《烂漫》在第二届中国太湖博览会“中国民间工艺精品展”上展出，获江苏省“大阿福奖”。2009年，在第十届西部国际“三品”博览会上，韩英的作品《国花牡丹》和父亲的《开国宣言》双双荣获博览会金奖。

为纪念辛亥革命100周年，父女俩又于2011年创作了邮贴画《先驱孙中山》。画面清新淡雅，孙中山先生双目炯炯，颇具伟人风范。

为了让韩英有更多的实践经验，韩荣庆将作品的主体部分交由韩英创作。韩英根据孙中山照片画了一幅素描作为底稿。创作时，父女俩特意选用了1993年国家邮政局发行的邮票《龙门石窟》和1996年发行的邮票《甲骨文档案》，取其棕黑色调和棕灰色调来表现素描效果。

韩荣庆家的沙发柜上摆放着几幅生活照，其中一幅拍摄的是他指导女儿韩英创作邮贴画的情景：他坐在韩英身旁，仔细看她贴画。父女俩面前，架着一个木质画板，板上夹着一张图画草稿，整幅图的脉络由铅笔绘成，一个枣红色“马头”已在韩英手中大致成形。画架旁，还放着一只小盒子。

小盒子是用来存放各色邮票碎片的，一个碎片差不多只有成年人大拇指指甲盖的1/5大小，摆放时会按色系来分类。

这是一幅反映内蒙古大草原风情的画作：马背上，蒙古族青年手执缰绳，身背弓箭，回眸轻笑；阳光下马儿奔腾，草原茫茫。作品依据是韩英2008年在内蒙古采风时收集的素材。2012年，韩英构思将它做成邮贴画，仅仅那个10平方厘米的马头，韩英就拼了整整2个月……

“以前我拼贴的大多是国画，以素雅或黑白为主，而女儿作为美术高级讲师，接触的画作类型比我多，用色更丰富、更大胆！”韩荣庆话语中带着对女儿的欣赏与希冀。

是摄影家，也是收藏家；是企业家，更是慈善家；他是摄影界的大哥大，他是博物馆的馆长，他是陈海汶——历史的记录者。

# 历史的记录者

## ——记沪上知名摄影大家陈海汶

文/张　东

陈海汶堪称上海摄影界的“大哥大”，这绝非吹捧之辞，完全是实至名归。作为世界华人摄影联盟副主席、中国工业摄影协会副主席、上海市摄影家协会副主席，中国政府摄影最高成就奖“中国摄影金像奖”第八、第九届获得者，他在摄影上的成就自不必说，单是提携后辈方面就足可称道，让人忍不住想呼一声“大哥”。

遥记当年初见，是在静安区做的一次摄影活动上，陈海汶是该活动的评委之一。一般这样的活动，评委在评定好作品的名次后便“隐身”了，陈海汶却不这样，他耐心地为每一幅作品分析点评，指出他为何将这些作品评为一等奖、二等奖，让我们这些后学受益匪浅。

因为入行较早、实力雄厚，陈海汶攒了很多先进的摄影设备；鉴于他在摄影界的影响力，有些公司还主动将自己生产的新的摄影设备给他试用，有了这许多有利条件，陈海汶却没有藏私，一点儿也不吝于与人分享。有些业余作者或者刚入行的新人暂且买不起好镜头，陈海汶便在自己方便时将镜头借给对方用一用，如此那些新人也可以创作出好作品去参展，不至于“望洋兴叹”。

此等善举陈海汶做了不少，多得人们渐渐都要习以为常、忘了提起，然而近些年来他做的几件要事却是一定要提一提的，因为着实意义重大、贡献良多。

## 上海老相机制造博物馆
## ——在梦想的坚持和时代理想的契合点上找到抒发情怀的文化途径

所谓“老相机”即拥有全机械、胶片属性的相机，以上海为龙头的相机制造不仅在中国制造工业中占有突出的地位，更承载了深厚的历史精神和时代情感。数十载的摄影人生让陈海汶对老相机及其制造有着比寻常人更浓重的感情，目睹一件又一件经典款在时光流逝中成为历史的过客，惋惜之余更让他萌生做些事去挽留这些老相机的念头。早在2002年，陈海汶便提出建立上海摄影博物馆的政协提案；到了2012年，在黄浦区人民政府、黄浦区文化局以及社会各界的支持帮助下，陈海汶一力策划、创办的上海老相机制造博物馆终于在重庆南路308号黄浦区文化局所属的第二文化馆内正式开馆。

开馆后的上海老相机制造博物馆对社会公众免费开放，陈海汶并没有将其作为博取更大收益的平台，反而全身心地为其付出，耗资不菲。

博物馆内设“中国老相机制造厂家专区”“全机械120双反（胶片）相机‘海鸥’4A-109型工艺技术专区”“摄影留念群体雕塑群”“珍贵收藏相机展区”“全机械120双反（胶片）相机‘海鸥’4A-109型整套传统装配作业线展示”等五大特色展区，多角度全方位地立体演绎相机的文化内涵和发展历程。

作为展示的重点，全机械120双反（胶片）相机“海鸥”4A-109型整套传统装配作业线在上海老相机制造博物馆内的复制再现，不仅让观众亲眼目睹代表当时中国制造120双反相机最高水平的工业技艺，更保留了精湛的相机制造工艺，让中国的相机制造史因此而得以延续，善莫大焉！

海鸥4A-109型120双镜头反光照相机是“禄莱”双反相机的仿制品，由407种零件、89道工序组装而成，每一道工序皆需资深技师亲手调校，俯视取景器，4片3组天塞镜头F=75mm/3.5，快门速度B、

《蜜月的梦》

1–1/500秒，摇把过片与快门上弦同步，自动计数。曾经，此款相机的出口结束了中国相机史上只有进口没有出口的尴尬；43万台的惊人产量，占全国销售总量的50%以上。正是这样一款凝刻着时代荣耀与美好的相机，在春秋几度中却慢慢成了“老人”，昔时忙碌的作业线也在几经改制后被迫停产。在传奇即将谢幕之际，陈海汶站了出来，他自出经费将整条作业线买了下来，并亲自登门请回了技艺精湛的老工人，还四处搜寻让作业线重新运转起来所需的各种缺失零部件，“皇天不负苦心人”，几经周折之下，本该行将作古的最后一条国产双反全机械120胶片老相机装配作业线在上海老相机制造博物馆又重新焕发出生命力。如此作为，不仅为中国的相机制造业保存了一条活化石作业线，更为相机制造工艺的传承及中国品牌的相机制造保留了星星火种，陈海汶以自己的践行生动诠释了他策划、创办上海老相机博物馆时的宣言——在梦想的坚持和时代理想的契合点上找到抒发情怀的文化途径。

陈海汶为老相机所做的还不止于此，为了让观众更形象地了解到国产相机的制造发展史，多年来他四处行旅，只为了能搜集全各个历史阶段极具代表性的相机款型。多年老友与他打交道时常会碰到这样的情况，一个电话过去问他身在何处，答复经常是在某某地找相机呢。在他的苦心经营之下，如今的“珍贵收藏相机展区”展出国产老相机珍品120余台、国外老相机珍品80余台，包括各种相机镜头附件等共200多件。

在国产相机门类中，观众可以看到自上世纪五十年代末国产相机开始研制起上海所生产的各种型号、式样的时代精品。比如上海58–I

型，完全仿制德国莱卡Ⅲb型，制作极为精致，被誉为“莱卡上海版”，它的出现标志着新中国相机生产正式走向工业化；上海58-Ⅱ型，上海58-Ⅰ型的简化版，与58-Ⅰ型一样结构严谨，造价却降低了不少；上海58-Ⅲ型，仿造阿克法Ⅲ型折叠相机的研制品，仅在内部试销，并未正式投放市场，因此产量极为稀少，仅生产60余台后即全部停产；上海58-Ⅳ型，参照德国禄莱费莱克斯相机研制而成，因为机件多为手工制作，机械性能不佳，尤其是快门不稳定，仅试制了11台样机，从未正式投产；红旗20，为了向国庆20周年献礼而研制的“莱卡”仿制品，品牌上的“红旗”二字取自毛主席为《红旗》杂志手书的字体，该相机分后背小开门与大开门两种，是35mm旁轴平视取景照相机，作为收藏顶级精品，历来受国内外藏家追捧；东风相机，以瑞典哈苏勃莱德500c型120单镜头反光照相机为蓝本设计制作，因研制费、设备费及制造费等成本极高，仅生产97台，在国际收藏界具有极高的收藏地位。凡此种种，一款款珍品向世人展示相机工艺的精美与历程时，也在无声地讲诉着陈海汶多年来为了将它们共聚一室而付出的不懈努力。

## 上海老工业画册<br>——在精神的执著与岁月变迁的相逢点上诠释摄影艺术的历史价值

陈海汶为“摄影”所倾注的心力并不是一个老相机博物馆就可以概括的，他将目光投向更宽广的时空，以执着的精神与理念，试图演绎摄影艺术无限的历史价值。

2000年开始，陈海汶就一直在关注上海的老工业，那些往日也曾风光一时的老厂房、老设备随着现代工业发展与城市规划改造的需要正在逐渐被淘汰，锈迹斑斑的冰冷机器、建筑在大多数人心中并不会激起太多波澜，却会让一位天生敏感的摄影人为之动容，甚至不惜耗费巨资，只为留下他们最后的一抹身影。六年时光，陈海汶走遍了上海2000多家大大小小的老工业企业，拍下无数珍贵的相片，并于2006年将它们集结成册，在国内首次出版了有关上海老工业的画册。这份善举不仅体现着一位老摄影人浓浓的人文关怀，更是为上海乃至中国工业史留下了无比宝贵的第一手史料，让千百年后的人依然可以一窥中国工业史在某个发展阶段的依稀风貌。

在上海筹备世博会时，陈海汶听闻“江南造船厂”及周边地区将被动迁到崇明去，许多无法运走的百年老设备将被就地报废，于是立即自掏腰包，组织了一个摄影师团队突击拍摄，在前后大约一年的时间内，为了更好地呈现这个有着百年历史、特殊意义的老工业企业，他的团队想尽了各种方法。为了更完美地展示门上油漆的斑驳效果，天没亮就动身，只为守候最完美的那一束光线；数码拍摄尚不满足，还不厌其烦地用胶片拍……披星戴月、废寝忘食，没有任何物质财富上的回报，只为自己心中的那一点儿执着，只为给世界留下一些记忆，陈海汶让摄影不再是摄影圈的“孤芳自赏”，为摄影艺术拓展了更深厚的生命力。

其实，以摄影记录历史是陈海汶一以贯之的理念，不独体现在对上海老工业的关注上。2008年至2009年期间，他就曾跨越千山万水，辗转28个省、市、自治区，途经554个县市，历时12个月，找到并拍摄了1125位非物质文化遗产民族传承人及民族代表，用57228张专业影像记录了丰富的文化信息，为中华民族的文化传承尽了一份力。

如今，功成名就的陈海汶依然不知疲惫、上下求索，这位“历史的记录者”还在用手中的相机为世人、为历史收藏着一幕幕经典瞬间与永恒记忆。

老式海鸥120相机

# 菊隐江湖香自远

文/戴 楠

他爱家乡，爱家乡的山、水、人文风情，尤爱那隐匿在山水风光中的「低调客」——菊花。在他看来，此花自得其乐，不逐名利，不随世俗，出杂草纷乱而不染，独留清气在人间。菊之心淡泊，由来不羡瓦松高；菊之节崇高，归去秋风耐岁寒。

2015年暮春，山东安丘青云山，山环水绕、碧波荡漾；茂林修竹、翠绿欲滴。鞠国栋迎着和煦的晨风，踏步攀向山顶。

鞠国栋，原名煜楹，号醉菊。1929年中秋之夜，出生在安丘市石埠子镇一个叫石埠子五村的地方。1942年，年仅13岁的他，在小学老师刘民芳的带领下开始从事革命活动。1948年，他带着一把京胡、一只书箱，“渡江南下”，历任江苏省南翔市市长、中共嘉定县城市工作委员会书记，上海焦化厂厂长等职务。

一生从军、从政、从文，充满传奇的鞠国栋，有一股不甘人后的拼搏精神。不少文人都望而生畏的诗词韵律，然而，只读过5年小学的鞠国栋却能运用自如，并在1991年，与吴定中、周志清主编了《诗词曲声韵手册》，由华东师范大学出版社正式出版。曾主编《中华诗词年鉴》，著有《醉菊诗词选》《醉菊楹联选》《诗词曲韵》等29部作品。

2011年6月，鞠国栋做出了一个重大决定：把自己一生的作品和藏品捐赠给家乡——山东安丘。2012年9月，鞠国栋分别与安丘市人民政府、安丘市博物馆签订捐赠协议，将其收藏多年的古今名人书法绘画作品、古今名砚、名贵红木家具、古近现代书籍、古陶瓷以及与党和国家领导人交往的墨宝、名人名家诗词楹联墨迹等共8大

醉菊书法石刻园

类，价值在数千万之上的珍贵藏品捐赠给故乡。

此次，鞠国栋重登青云山，是查看设在这里的醉菊书法石刻园的建设景致。

## 山间明月行天地

今年86岁的鞠国栋，面目清秀，精神矍铄，步履稳健，既有山东大汉的爽直，又有江南学者的儒雅。说起话来，一口洪亮的山东口音普通话，振聋发聩，丝毫不像一个耄耋老人。

走进南翔鞠国栋的住所，满眼都是书橱，书橱里整整齐齐排列着各种书籍，墙壁上挂满了鞠国栋的各种书法作品和夫人作画、鞠国栋题词的画作，分不清哪是书房，哪是客厅。

余生也晚，尽管出生在上海，居然不知道南翔曾经设市，而鞠国栋竟然是南翔市解放初期的市长，故而壮着胆子求教：当时南翔怎么会设市?

鞠国栋解惑道，1949年嘉定刚解放时，就设立了南翔市，为半县级市。当时，这样的市共设立了三个，另两个是青浦的朱家角市和南汇的周浦市。他被任命为南翔市市长。

“因为，当时县以下都是办事处，不是一级政权机构，考虑到支援解放大上海的战略需要，设立了半县级的三个市南翔是其中一个市，为一级政权机构。以便为支援大上海的解放便宜行事。不久，朱家角市和周浦市分别撤销，最后来南翔市也撤销了。”

鞠国栋是上海乃至全国有名的书法家。但谁能相信，当鞠国栋19岁任南翔市市长时，连毛笔字都不会写。鞠国栋说，有一次开南翔市各界人民代表会议，代表们都用毛笔签名，他连毛笔都不会握。当时有代表说：“共产党的市长连毛笔字都不会写。”这句话给他留下的印象太深了，从此，他就开始练毛笔字，连批文件都用毛笔。他临帖张旭、怀素的草书，学习孙过廷的《书谱》……功夫不负有心人，铁棒终于磨成针。

1996年2月，鞠国栋代表中华诗词学会向周谷城先生拜年与慰问。在拜望时，鞠国栋带了一张书法作品，写的是一首绝句：

《初游三山》：

茫茫无际荻芦湾，

十里青纱换玉颜。

莫道满湖秋色老，

一方清白映人间。

向周谷老求教。

周谷老欠起身，非常仔细地观看鞠国栋的这件书法作品，半晌，脸上露出笑容，赞道："诗书俱佳"。

著名书法家刘小晴也对鞠国栋的书法给予了极高的评价，他说：数十年来，鞠老沉酣书道，从章草入手以究其源，后则于旭、素二王以通其变，每逢佳帖，则心慕手追。今细玩其草书，可以平凡清雅四字概之。其书虽无挥斥八极、气凌五岳，腾踔奇肆之势，然韵致清婉静穆，似竹篱茅舍，老鹤疏梅，清逸之气充溢于缣素之间，回绝尘世，随机生发，因式流走，有洎然而来不可阻隔之势。

## 千行醉菊青纱泪

鞠国栋不仅是有名的书法家，还是著名诗人，尤其擅长楹联。说起鞠国栋成为诗词名家，还有这样一个故事：鞠国栋在南翔市市长任上，工作开展得有声有色，也很有成就感，不禁诗兴大发，就写诗投给了《解放日报》。

投了三次，连退三次，编辑部在退稿信上说："鞠国栋同志，写诗是不容易的，望你多读些唐诗、宋词，对写诗会有好处的。"于是，鞠国栋下定决心，发奋读书，熟读唐诗宋词，学习诗词格律，终于成了这方面的专家，出版了《诗词曲通韵》（古今两部）、《词谱集粹》等专著和《醉菊诗词》等多本诗词集。

鞠国栋的书房一角

谈及诗词创作，鞠国栋非常感谢马茂元教授和他的山东大同乡、《解放日报》老报人田遨先生。

1957年，在老友杜道先与蒙师刘民芳的引荐下，鞠国栋拜见了上海师院教授马茂元。初次见面的马教授得知鞠国栋醉心诗词创作，异常亲热，以《古诗十九首探索》和他注解的《唐诗选》相赠。面对诗词大师，鞠国栋按捺不住内心的激动，用毛笔写了一首《山乡巨变》“三春又见菜花黄，预卜新秋稻谷香。昔日朱门酒肉臭，而今户户有余粮”的绝句，请马教授指正。马教授爱才心切，在热情夸赞同时，希望鞠国栋经常到他那里去玩，实际上是在向鞠国栋传授诗词知识与基本作法。

时隔半个多世纪，鞠国栋尤清楚记得，马教授除指导他的诗词格律外，特别强调立意的重要性，多次要他细细品味《红楼梦》中林黛玉关于诗的议论。凡此种种，为他的诗词创作奠定了扎实的基础。

而与田遨先生的相识则另有一番情趣。

1965年5月，鞠国栋第一次写长调《沁园春·渡江感怀》

千倾横波，万里长江，滚滚东流。
喜层层彩画，江天一色，滔滔巨浪，迎送千舟。
两岸青纱，一江碧水，谁记沧桑几度秋？
鲁生曰：纵六朝三国，莫及今优。
初游细数从头。还记得，当年诸葛谋。
忆群儒舌战，穿江借箭，火烧魏寨，风助吴侯。
瞬逝千年，驱倭平寇，一洗江河万古羞。
从此时，看中华儿女，锦绣神州。

鞠国栋请在《解放日报》工作的挚友冯启怀先生教正此词。稍后，冯启怀对鞠国栋说："你的《沁园春·渡江感怀》我交给同事、诗人田遨先生了，他说你写得好，有气势。"这一句话，在平常情况下，可看作是客气话，但对第一次写长调的鞠国栋来说，是何等的鼓励。

此后，鞠国栋视田遨先生为诗友知己，时常诗词唱和，电话交流，像兄弟般亲密。

鞠国栋曾深有感触地说："如果说我的诗是在1957年认识了马茂元先生，受他的教益后，有所进步；那么，'长调'词，则是田遨先生1965年对我的鼓励，这才使我有胆量跻身诗词创作队伍。"

## 最爱风情听雨静

鞠国栋直言，富莫富于常知足，贵莫贵于能脱俗。他要脱俗，要远离名利场，为传承源远流长的中华民族文化，多做点力所能及的好事。回首往事，他最大的缺憾就是，年轻时学的知识太少了，"我需要停下来，系统地学习"。

1984年，正值壮年的鞠国栋，主动要求从上海焦化厂厂长的位子上退下来，进行他的诗书琴画等的系统学习。

离休后的鞠国栋，吟诗作赋，蘸墨挥毫，转益多师，广交此中硕学名彦和同侪里手，因而诗词、书法的造诣更上层楼，到如今已出了29本书。与此同时，他还创办了上海春申诗社，参加发起成立上海市诗词学会、上海市楹联学会，并担任上海市诗词学会第一任秘书长、中华诗词学会理事和上海市楹联学会副会长。

嘉定悠久深厚的文化历史底蕴，江南古镇特有的小桥流水深宅大院，仿佛一杯杯浓厚的醇酒，令鞠国栋沉醉不已。当湖书院、孔庙、侯黄桥、秋霞圃、古漪园、震川书院……为了保护嘉定的文物古迹、历史风貌，鞠国栋熟读嘉定县志以及文史古籍，对区域内的历史古迹不厌其烦的现场踏勘，多次修书有关部门，呼吁保护修缮。

如今孤立在嘉定镇人民街绿地中的明代建筑"思贤堂"，曾是嘉定人祭祀先贤的祠堂，有古代碑刻10多块，正是鞠老先生率先呼吁而从推土机下抢救出来的。可谓用心良苦。可惜它周围的江南民居已经荡然无存，古韵难全。

埋头于书斋的鞠国栋并没有远离世事，他的心始终与时代的脉搏一起跳动。1995年8月10日，鞠国栋在繁浩的史册中阅读到清康熙年间的著名学者陆陇其出任嘉定知县后，整顿吏治、抑制强豪、铲除恶俗、以德感化，颇得百姓拥护时，击掌叫好。

史料记载，陆陇其在嘉定任职时，正逢江苏巡抚慕天颜寿庆。他就拿夫人织的一匹布及缝的两双鞋作为庆寿礼物，慕天颜不悦。后借口陆陇其迂腐不能胜任其职，降级调用。嘉定百姓不服，罢市三日。陆离任时，嘉定九乡二十都的老百姓都去夹道送行，许多人甚至一路送行至平湖新埭泖口的陆家。

陆陇其死后，嘉定居民为感念这位名副其实的父母官，侍奉陆为“嘉定城隍”，与此同时，在城隍庙西建了清廉书院，清廉书院内以陆陇其的“肖像祠之”。康熙五十六年，清廉书院改名为陆清献公祠……读到此，鞠国栋敏锐地捕捉陆陇其事迹的现实意义和警示作用，一时心潮澎湃不能自已，当日修书一封，建议为“天下第一清廉”之嘉定知县陆稼书树碑立像。

由于种种原因，解放以来，陆清献祠堂并未得到妥善的保护。现存的五间平房，自上世纪50年代起，就成了民居，祠堂被严重破坏。

2000年，由于百米绿化带的建设需要，嘉定区城市建设委员会规划拆除有300都年历史的古祠堂，建造

鞠国栋参加诗词京剧吟唱会

绿地，在原址上立碑建亭以示对这位清官的纪念。这一举措遭到了鞠国栋等40余位离退休干部的强烈反对，他们专程赶到市文物管理委员会，要求保留陆陇其祠堂。

鞠国栋认为，陆陇其作为一代清官，从祀曲阜孔庙，他的地位是很高的。陆清献祠堂是为树立清廉榜样而建立的公祠，这样的一个人物对任何一个时代都有一定的教育意义。与此同时，鞠国栋在半个月内挥笔写下了十五集电视剧剧本《高风亮节陆陇其》，忧国忧民的激情跃然纸上。

## 一方清白映人间

收藏是为了让大家更好地分享，是为了文化的传承。一个收藏家的最终目的是，为了用实物教育后人，更好地提高广大人民群众的精神文明的水平……

“我是人民哺育的，我要将一切还归人民”。4年前，鞠国栋作出了一个惊人的举措：将自己珍藏的古物、字画、上万册书籍、古新百砚等全部无偿捐献给了故乡博物馆。

这一决定得到了老伴和全家人的支持。然，四个儿子在为父亲的义举拍手叫好时，也提出了一个建议：老爸，安丘是你的故乡，但嘉定也是你的故乡，能否将藏品也捐赠一些给你的第二故乡——生我们养我们的嘉定。

鞠国栋满足了孩子们的这一要求。于是便出现了本文开头鞠国栋在青云山踏勘醉菊书法碑林园建设进展的那一幕。

数年前，鞠国栋得友人支持，在苏州太湖三山岛购得6亩荒土，遍植黄花，广栽蜜桔，取名“醉菊园”。内筑“醉菊诗词碑廊”。两座古朴的畅亭中，那150块书法石刻，系鞠国栋历年自赋诗词，由现代名家挥毫书成。山庄内，简屋数间，阶前能远眺湖光，近瞻山色，鞠国栋经常邀请同好共赏佳境，吟诗研墨，操弦唱曲，颇有“醉卧东篱梦陶潜，悠然见南山”之意韵。

鞠国栋至今清晰记得父亲当年教会他们弟兄二人的诗句：“人生

自古谁无死，留取丹心照汗青。”他说，从小，父亲就教他们苏武牧羊歌给他们讲述岳飞的故事。父亲读书不多，也没有留下任何财产，但这两句诗与苏岳的故事是父亲留下的最大的财富。他铭记在心，一刻也不敢忘怀，一生尽所能为之。

“鞠老从军，不在功劳薄上争名；鞠老从政，不在政绩册上争位；鞠老从文，亦不想出名成家，然，偏偏这些作品显现其人格力量。”这是鞠国栋的忘年交、嘉定区教育局局长姚伟对他的评价。

如今，鞠老虽已耄耋，但仍关注慈善公益和儿童艺术，现为奇思儿童创意工坊顾问，并积极参与慈善事业。

## 尾记

六月的太湖三山岛很美，细浪轻吻大堤，如盖的柳荫沿湖伸延；湖波荡漾，水天一色；禽鸟飞鸣，帆影点点，怎一个“醉”字了得！此刻，醉菊园中的醉菊诗词碑廊内，鞠国栋与他的朋友们正诗词唱和，不亦乐乎。

半个多世纪的江南文化陶冶，并没有泯灭这位齐鲁汉子的豪气。他说，不管走到哪里，家乡始终在他心中。他意欲近日重返安丘，去参加在那里举行的醉菊珍藏馆开业典礼。

他爱家乡，爱家乡的山、水、人文风情，尤爱那隐匿在山水风光中的“低调客”——菊花。在他看来，此花自得其乐，不逐名利，不随世俗，出杂草纷乱而不染，独留清气在人间。菊之心淡泊，由来不羡瓦松高；菊之节崇高，归去秋风耐岁寒。

藏不住醉人幽香的菊花呵，把美传递，却一无所求……这何尝不是鞠国栋的真实写照！

**图书在版编目（CIP）数据**

创艺人生 /《主人》编辑部编著． ——上海：上海三联书店，2015.6

ISBN 978-7-5426-5208-9

I. ①创… II. ①主… III. ①传记文学—作品集—中国—当代 IV. ①I25

中国版本图书馆 CIP 数据核字（2015）第 120684 号

# 创艺人生

编　　著 /《主人》编辑部

责任编辑 / 陈启甸

特约编辑 / 石晓寅

装帧设计 / 陆雅敏

监　　制 / 李　敏

责任校对 / 张思珍

出版发行 / 上海三联书店

（201199）中国上海市闵行区都市路 4855 号 2 座 10 楼

网　　址 / www.sjpc1932.com

邮购电话 / 021-24175971

印　　刷 / 上海江杨装订有限公司

版　　次 / 2015 年 6 月第 1 版

印　　次 / 2015 年 6 月第 1 次印刷

开　　本 / 890×1240　1/32

字　　数 / 150 千字

印　　张 / 5.75

书　　号 / ISBN 978-7-5426-5208-9/I・1040

定　　价 / 32.00 元